■ 이 도서의 국립중앙도서관 출판예정도서목록(CIP)은
서지정보유통지원시스템 홈페이지(http://seoji.nl.go.kr)와
국가자료공동목록시스템(http://www.nl.go.kr/kolisnet)에서 이용하실 수 있습니다.
(CIP제어번호: CIP2019037660)

글·그림 백두리

그리고
먹고살려고요

마음산책

그리고
먹고살려고요

1판 1쇄 인쇄 2019년 10월 5일
1판 1쇄 발행 2019년 10월 10일

지은이 | 백두리
펴낸이 | 정은숙
펴낸곳 | 마음산책

편집 | 최해경·김수경·최지연·이복규   디자인 | 이혜진·최정윤
마케팅 | 권혁준·김종민   경영지원 | 박지혜

등록 | 2000년 7월 28일(제13-653호)
주소 | (우 04043) 서울시 마포구 잔다리로 3안길 20
전화 | 대표 362-1452 편집 362-1451   팩스 | 362-1455
홈페이지 | http://www.maumsan.com
블로그 | maumsanchaek.blog.me
트위터 | http://twitter.com/maumsanchaek
페이스북 | http://www.facebook.com/maumsan
전자우편 | maum@maumsan.com

ISBN 978-89-6090-593-1 03800

* 책값은 뒤표지에 있습니다.

지금의 나는 이야기가 시각화되고
이미지가 서술되는 문턱에 걸쳐 있다.
소속을 규정 지을 수 없고 두 성격을 모두 보여줄 수 있는 것들에
무한한 매력을 느낀다.

그리고 먹고살고 있습니다

더는 못 하겠다고, 이번 일을 끝내면 이 직업에 대해 진지하게
생각해봐야 할 것 같다고 말했다. 오늘도 친구들과의
단톡방에 돌림노래 같은 하소연을 했다. 일정한 기간을 두고
늘 반복되는 일이기에 그들은 능숙하게 나를 달랜다.

"요즘 일이 겹쳐서 많이 힘든가 보다. 나 같아도 짜증 날
거야. 잠깐이라도 쉴 수 있으면 좋을 텐데. 이번 일 끝내면
여행이라도 다녀와. 밥은 잘 챙겨 먹니? 잠은 잘 자고 있니?
푹 자고 나면 기분이 조금 나아질 거야."

나를 잘 아는 친한 친구들이 할 수 있는 최선의 위로다.
'그래, 때려치워버려. 그딴 일 그만해'라는 무책임한 말은
쉽게 던지지 않는다. 그들은 내가 이 일을 그만두고 싶을 만큼
얼마나 힘들어하는지, 그러면서도 여태껏 견뎌올 만큼 얼마나
좋아하는지 잘 알기 때문이다. 프로젝트를 끝내고 며칠
쉬면, 잠을 실컷 자면, 미뤄뒀던 영화를 보고 나면 마음이
조금은 진정된다는 것을 나 또한 알고 있다. 퇴사를 생각하며
출근하는 동시에 그래도 조금만 더 버티자고 다짐하는

직장인과 다를 바 없다.

　가끔 내가 하는 일에 대해 잘 모르는 이들은 "넌 그래도 좋아하는 일을 하고 있잖아" 하고 말한다. 그 한마디에 대화는 더 이상 이어지지 못한다. 내가 좋아하는 것은 그림 그 자체지 의뢰받아 그리는 일을 좋아하는 것은 아니다. 그리고 그 일을 함으로써 겪게 되는 부수적인 어려움도 적지 않다. '일'이라는 이름으로 불리는 것은 누구나 먹고살기 위해 하는 활동이니, 그에 따르는 문제도 별반 다르지 않다.

　의뢰받은 그림을 그리는 상업미술작가의 일상에 대해 이야기하려 한다. 나는 그림작가, 일러스트레이터, 삽화가 등 다양한 이름으로 불린다. 그림작가에게 그림은 미지의 세계에서 온 고귀하고 순수한 결정체가 아니라, 치열하게 싸우고 버텨내 살아남은 현실의 부산물이다. 어른들은 어린 나에게 그림을 그려 어떻게 먹고살 거냐고 말했다. 다행히 아직까진 굶어 죽지 않고 그림 그려 먹고산다. 순수미술작가는 아니지만 누군가에게 그림을 팔고 있으니 그림이 나를 먹여 살리고 있으며, 나는 먹고살기 위해 다시 그림을 만들어낸다.

　이 일을 시작한 지 얼마 되지 않았을 때는 일을 하는 날보다 안 하는 날이 더 많았다. 여기서 일은 그림 그리는 일을 말한다. 함께 사는 언니 대신 집안일을 도맡아 하며 언니에게

빌붙어 지냈고, 아르바이트로 그림이 아닌 다른 일을 하면서 부족한 생활비를 충당했다. 그림을 통해 충족한 생활을 하지는 못해도 꿈과 이상, 감정을 표현하며 오로지 그리는 행위에서 즐거움을 느꼈다. 마음이 무너져 내릴 때마다 그림은 옆에서 힘을 줬고 드로잉이 없는 세상은 상상도 할 수 없었다. 사는 데 없으면 안 되는 숨 같은 존재였다.

지금은 그림을 그리고 받는 대가로 생계를 유지할 정도는 된다. 그림은 여전히 사는 데 없으면 안 되는 존재다. '돈줄'이 되었기 때문이다. 가끔 내가 어느 서커스단의 못된 단장이 되어 그림이라는 단원을 단지 돈벌이 수단으로 생각해 함부로 부린다는 느낌이 들 때가 있다. 돈, 돈, 돈타령을 하면서 더 벌어 오라고 그림을 떠밀다가 언제부턴가 맘처럼 움직이지 않는 그 단원 때문에 너무 힘들다며 울먹이는 날이 잦아졌다. 그러다 또 언제 울었냐는 듯 "제 일이 참 좋아요. 사람들에게 그림을 선보이고 그에 대한 반응을 곧바로 알 수 있다는 게, 일상생활에 쓰이는 그림을 그린다는 게 얼마나 재미있는 일인지 몰라요. 화가랑은 다른 매력이 있지요. 이 일은 제게 천직인 것 같아요"라고 말할 때도 있다.

어떤 일을 의뢰받느냐에 따라 감정은 도무지 종잡을 수 없이 변했다. 이 일을 할 수 있다는 게 새삼 감사하고 행복했다가, 어떨 때는 왜 이 일을 하고 사는지 모를 정도로 힘든고 고단했다. 어쩌면 그림 그리는 기계처럼 아무 감정도 느낄 수 없게 되는 것보다는 괴로워하는 게 훨씬 나을지도 모른다. 한편으론 내게 무엇보다 소중했던 존재가 더는 다른 의미를 갖지 못하고 오롯이 수단으로 변질돼, 결국 무덤덤해지는 순간이 올까 봐 두렵기도 하다.

그림을 재미 삼아 그리는 것과 그림으로 먹고사는 건 완전히 다른 문제다. 그림작가들끼리 만나면 자신이 겪었던 의뢰인들에 대한 뒷말을 주고받기도 하고, 이 시장에서 살아남는 게 얼마나 어려운지 각자의 힘든 속내를 털어내며 서로를 위로하기도 한다. 그러나 특강이나 세미나 자리에서는 이런 현실을 잘 모르는 청중을 상대로 이야기해야 하기 때문에 어떤 브랜드와 일했는지, 얼마만큼 잘나가고 있는지 번지르르한 겉모습 위주로 보여줄 수밖에 없다. 그 브랜드가 얼마나 터무니없이 적은 비용으로 수없이 많은 수정을 요구했는지는 차마 말하지 못한다.

자연스레 사람들은 그림의 영감과 소재를 발전시키는 작업 과정, 그림이 작가에게 미치는 영향처럼 그림에 관련된 이야기를 궁금해한다. 나 역시 실상을 알기 전까지는 그림작가의 삶에 무지했다. 또 작가들이 자유롭게 여행을 다니며 이색적인 문화를 경험하고, 거기서 받은 영감을 작업에 풀어낸다는 등의 일화는 쉽게 접할 수 있다. 그래서 이 책에서는 반복되는 그림 수정과 쫓기듯 한 마감 일정,

불안정한 수입과 노동으로서의 그림 등 실질적인 그림작가의 일상을 보여주고 싶었다.

　그림은 틀에서 벗어나거나 살짝 어긋나게 함으로써 매력적으로 보이게 할 수도 있고, 남들과 다른 지점에서 나만의 것이 나오기도 한다. 길지 않은 이 책에서 나의 짧은 미술 지식을 소개했다가 아직 그림작가가 되기 전 백지상태인 이들이 틀에 갇히게 될까 염려했다. 그래서 그림 그리는 기술이나 표현 방법 등은 이 책에 담지 않았다. 대신 그리고 먹고사는 한 사람의 일상을 들여다봄으로써 그림작가가 되려는 사람들이 자기 앞날을 어느 정도 예측해볼 수 있지 않을까 조심스레 기대한다.『그리고 먹고살려고요』가 그림작가가 될, 그림작가가 된, 그림작가와 함께 일하고 있는 당신에게 어떤 영향을 끼칠지 모르겠으나 그림으로 즐거운 인생을 사는 데 조금이나마 도움이 되길 바란다.

2019년 10월
백두리

예술가인 줄 알았는데
예술을 하는 게 아니었고,
예술이 아님을 이렇게 받아들이고 있는데
예술을 해야 한다고 말한다.

목차

그저 놀이였는데

그림을 언제부터 그리기 시작했는지는 정확히 기억나지 않는다. 특별한 계기가 있어서 그림을 시작한 것이 아니라 기억 속 나는 꽤 어린 나이부터 계속 무언가 그리고 있었다. 어릴 때 읽던 책을 들춰보면 면지에는 레이스와 리본으로 온몸을 뒤덮은 공주님이 잔뜩 그려져 있다. 아무것도 없는 빈 종이가 보이면 무엇이든 그려 넣었던 것 같다. 어떤 제약도 조건도 없이 그리고 싶은 대로 끄적이며 그림을 가장 본능적으로 즐기던 시기였다. 그린다는 행위에 어떤 의미도 담지 않았다. 그리는 것은 그저 놀이였다.

자라면서 그리는 능력을 살아가는 데 조금씩 이용하기 시작했다. 초등학생 시절에 일기를 쓰기 싫으면 몇 안 되는 문장으로 글을 급하게 마무리 짓고 빈자리를 그림으로 채워 넣어 그림일기를 완성하는 꼼수를 쓰거나, 친구들에게 유행하는 만화 캐릭터를 그려준 덕분에 인기를 얻을 수 있었다.

가끔은 그림 좀 그린다는 이유로 노동을 강요받기도 했다.

학교에 장학사가 오는 주는 대청소 주간이었는데, 그때 나는
학급 미화뿐 아니라 교내 미화까지 담당해야 했다. 수업이
끝나고 모두 하교한 뒤, 복도에 걸 그림을 그리기 위해서 텅
빈 교실에 혼자 남아 그림을 그렸다. 사실 장학사가 오든
말든 내겐 관심 밖의 일이어서 빨리 그림을 해치우려고 손
가는 대로 대강 쓱쓱 그려 선생님께 드렸다. 엉망으로 그린
그림을 보고도 선생님은 잘 그렸다 칭찬해주셨고, 내 그림은
학교 중앙 계단으로 올라오면 보이는 중요한 벽면에 걸렸다.
그리기 싫어 마구 휘갈긴 붓 자국과 마르지 않은 상태에서
덧칠해 흘러내려 번진 물감 자국이 회화적으로 보였을지도
모르겠다. 하지만 나는 그 벽 앞을 지날 때마다 억지로 그려낸
그림을 보는 게 부끄럽기만 했다.

사생 대회에서 입상하면 전교생이 모이는 운동장 조회
시간에 단상 앞으로 나가 교장 선생님에게 상을 받았다.
그럴 때면 학교에서 대단한 사람이라도 된 것마냥 우쭐해져
친구들의 시선을 즐겼다. 정물화나 풍경화를 그리는 각종
미술 대회는 물론이고 과학 상상 그리기 대회에도 매년
참가했다. 우주에 떠 있는 별을 칫솔이나 빗 같은 도구를
이용해 흩날리듯 표현하고, 한쪽에는 그러데이션 기법으로
매끈한 금속 느낌의 우주선을 그려 미래 도시를 나타냈다.
자동차가 날아다니고 높은 건물들 사이로는 초록 식물이
자라는 행복하고 아름다운 미래였다. 미세먼지 가득한

거리에서 손바닥 위의 작고 검은 화면만 쳐다보느라 고개를 숙인 채 거니는 사람들을 그릴 생각은 한 적이 없었다. 미래를 진지하게 상상해봤다기보다 매년 그리던 대로 전형적인 코드를 넣어 그렸기 때문이다.

놀이였던 그리기 행위에는 어느새 목적이 생겼다. 대회에 나가 성과를 내야 한다는 의식이 생기면서 조금씩 틀에 갇히기 시작했다. 공식에 따라 그린 그림으로 상을 타온 내게 어른들은 "커서 화가가 되겠네!"라고 말했다. 크면 뭐가 될 거라고 꿈꿔보기도 전에 어린 시절부터 많은 사람이 지속적으로 그 말을 해서, 나는 크면 화가가 되겠거니 생각하며 자랐다. 누구나 커서 엄마가 되고 아빠가 된다고 생각하듯이 말이다. (하지만 화가가 되는 것도, 부모가 되는 것도 당연한 게 아닌 엄청난 노력이 필요하다는 걸 그땐 몰랐다.)

엄마는 지방 소도시에서 내 재능을 키워주기 위해 나를 여러 미술 학원에 꾸준히 보냈다. 그중 가장 기억에 남는 곳은 열한 살쯤에 다녔던 곳이다. 미술 학원 간판을 내건 곳은 아니었고, 서양화과 교수의 작업실 한쪽에 놓인 이젤에 그림을 그리고 있으면 마무리할 때 조금씩 봐주던 개인 교습실이었다. 빛과 그림자의 관계를 배운 정도가 어렴풋이 떠오른다. 미술에 대한 진지한 관점이나 그 외의 심도 있는 것들을 알려줬을지도 모르나, 어린 나이의 일이라 잘 생각나지 않는다. 누군가가 꾸준히 작업하는 모습을 바로 옆에서 지켜볼 수 있었다는 점이 어떤 미술 지식에도 비할 수 없는 최고의 경험이었던 것 같다.

그곳에서는 굴러다니는 다 쓴 유화물감 통, 다양한 크기의 넓적하고 기다란 붓, 색색의 실뭉치 등 선생님의 작업 도구를 소재로 정물화를 그리거나, 2층 작업실 뒷문을 열면 보이는 건물과 기와지붕, 가로수가 담긴 풍경화를 그렸다. 하나의 대상을 끊임없이 연구하는 화가처럼 같은 소재, 같은 화면을 반복해서 그렸다. 계속 같은 것을 그리면 지루할 법도 한데 그리고 싶지 않다는 생각을 한 적은 거의 없었다. 다만 딱 하루, 그림 그리기 싫다고 목 놓아 울던 날이 기억에 남아 있다.

그날은 왜 그랬는지 평소와 달리 작업실로 향하는 버스가 아니라 다른 버스를 잘못 타는 바람에 엉뚱한 곳에 내리게 됐다. 수중에 왕복 버스비만 들고 집과 작업실을 오가던 때였는데, 작업실로 돌아가려다가 또 잘못된 방향의 버스를 타서 가진 돈을 모두 쓰고 말았다. 스마트폰은 물론이고 휴대폰도 대중적으로 보급되기 전이었다. 근처 슈퍼에 들어가 동전을 빌려 공중전화로 엄마에게 전화를 걸어 울먹이며 길을 잃었다고 말했다. 엄마는 일하는 중이라 데리러 갈 수 없으니 우선 택시를 타고 작업실로 가면 택시비는 선생님이 내주실 거라고 했다. 열한 살 여자아이더러 낯선 동네에서

혼자 택시를 잡아타고 오라니. 요즘같이 무서운 세상의 딸 가진 부모들은 상상도 못 할 일이다. 어쨌든 나는 택시를 잡기 위해 길가로 나가 어른들이 하듯 팔을 열심히 흔들어 댔다. 하지만 어린아이가 열심히 팔을 흔드는 모습이 택시를 잡기 위한 것처럼 보이지 않았는지 택시들은 나를 뒤로하고 지나쳐 갔다. 겨우 택시를 잡아타고 작업실에 돌아오자 긴장이 풀려 눈물이 터졌다. 선생님은 집에 가고 싶다고 엉엉 우는 나를 달래서 이젤 앞에 앉혔다. 그날은 작업실의 뒷문을 열고 노란 햇빛을 받은 건물의 푸른 벽을 그렸다.

그 작업실에서 겪은 일들이 어제 일처럼 생생한 건 길을 헤매다 돌아온 아이가 서러움을 참고 억지로 그림을 그려야 했던 사건 때문만은 아니다. 그 공간을 떠올릴 때면 자연스레 시각, 후각, 청각이 동원되어 오래도록 기억 속에 남아 있게 되었다. 그림을 그리기에는 약간 어두침침한 작업실, 푸르스름한 톤으로 칠해진 엄청나게 큰 캔버스, 그 위에 덧대어진 천 조각과 촘촘히 놓인 바늘땀, 코를 찌르는 유화물감의 싸한 냄새. 배경음악으론 '도무지 알 수 없는 한 가지……'라는 가사의 노래가 반복해서 나왔다. 정확한 이유를 설명할 순 없지만, 어린 내가 듣기에 그 노래는 무서웠다. 그때는 누구 노래인지도 몰랐으나 가사와 음률이 머릿속에 남아 있었고, 어른이 되어 그 노래를 다시 들은 순간 바로 알아차렸다. 작업실의 배경음악은 언제나 양희은의

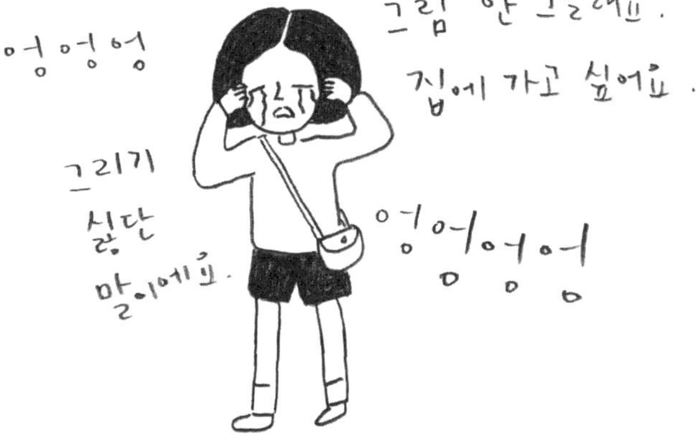
엉엉엉
그림 안 그릴래요.
집에 가고 싶어요.
그리기
싫단
말이에요.
엉엉엉엉

노래였다.

　작업실에는 나 말고 나보다 몇 살 많은 언니 한 명이
같이 그림을 배우고 있었다. 그 언니가 양희은의 〈사랑,
그 쓸쓸함에 대하여〉를 기억하고 있을지 모르겠다.
청각장애인이던 언니는 상대의 입 모양을 보고 어느 정도
말을 알아들었으나, 본인이 소리 내어 하는 말은 정확한
발음으로 전달하지 못했다. 수화를 모르던 나는 언니와
소통하기 위해서 언니의 입 모양을 뚫어지게 봤지만, 입
모양과 소리보다는 눈빛과 몸짓으로 의사를 파악할 수
있었다. 푸르스름한 빛과 유화물감 냄새, 실뭉치와 바늘땀,
서늘한 노래가 뒤섞인 공간에서 함께 그림을 그리던 이와
대화하려면 스케치북에서 눈을 떼고 상대방의 입을 유심히
들여다봐야 했던 곳이다.

　써놓고 보니 꽤 낭만적인 곳처럼 느껴진다. 한국에서 이런
미술 학원을 계속 다닌다는 것은 거의 있을 수 없는 일이다.
고등학생이 되자 나 역시 미술대학에 가기 위해 입시 미술
학원에 다녔다. "커서 화가가 되겠네!"라고 내게 꾸준히
주문을 걸어오던 어른들은 갑자기 화가는 먹고살기 힘들다며
서양화과 대신 디자인과를 가라고 말을 바꿨다. 말 잘 듣는
순진한 아이인 동시에 현실의 때가 묻은 조숙한 아이기도
했던 나는 어른들의 말에 따라 디자인과를 준비했다. 고3
수능 시험을 마치고 대학 합격률이 높은 서울의 한 미술

학원에 다녔다. 그 시절 내가 준비하던 대학의 입시는 '석고상을 포함한 정물 수채화'였다. 아침 일찍 학원에 도착해 다섯 시간 동안 모의시험을 치르고 점심은 삼각 김밥이나 컵라면으로 대충 때웠다. 오후에는 그림 평가 후 이어지는 재시험을 본 뒤 늦은 밤이 되어서야 하숙집으로 돌아올 수 있었다. 며칠에 한 번씩 연필 가루와 물감으로 더러워진 옷을 손으로 조물조물 빨았다. 춥고 건조한 겨울에 그림을 그리면 붓을 헹구는 물통에 손이 젖었다가 마르기를 반복하는데, 그 때문에 손가락 마디마디는 항상 터서 피가 났다. 그 부위가 빨래할 때마다 쓰라렸다. 빨래를 방 안에 널고 이불을 깔고 누워 미대 입시 잡지에 실린 합격 그림을 보다, 어느새 지쳐 얼굴 위에 잡지를 덮은 채 잠드는 게 일과였다. 낭만이라곤 전혀 찾아볼 수 없는 풍경이다. 놀이였던 그림은 목적이 되었고, 이때는 단지 수단이 되어버렸다.

　미술 학원에는 입시 스트레스로 면역력이 바닥까지 떨어진 수험생들이 몰려 있었기 때문에 한 명이 감기에 걸리자 순식간에 너 나 할 것 없이 감기에 걸렸다. 실기 시험을 앞두고 있던 때라 학원 선생님은 아파서 쓰러질지언정 이젤 앞에서 쓰러지라며 우리를 몰아붙였는데, 꾀병을 부리거나 그 상황을 핑계로 설렁설렁 그리는 친구들에게 한 말이지 나를 꼬집어 한 말은 아니었다. 그런데도 나는 아픈 몸으로 이젤 앞에서 버텼다. 어느 날은 도저히 몸을 일으킬 수 없어 학원에

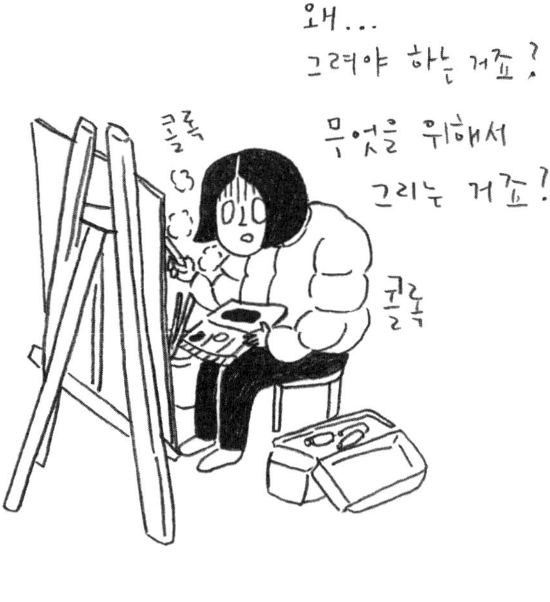
왜...
그려야 하는 거죠?
무엇을 위해서
그리는 거죠!
콜록
콜록

가지 못하고 누워 있는 나를 하숙집 아주머니가 병원에 데려갔다. 그렇게 참다 참다 병원에 가니 몸이 몹시 상해 있어서 온전히 회복할 시간이 필요했고, 그로 인해 한동안 입시 준비를 못 하게 됐었다. 그림을 위해서가 아니라 대학을 위해 한 위험하고 바보 같은 짓이었다.

대부분의 시간을 그림과 함께 살아왔다. 흰 종이만 보면 이유 없이 그림으로 가득 채우던 시절도 있었고, 원치 않아도 선생님이 그리라고 하니까 꾸역꾸역 그린 적도 있었으며, 길을 잃어 헤매다 돌아와서 울다가도 그림을 그려야 했고, 몸이 아파도 그림을 그렸다. "이렇게 그림밖에 모르던 아이는 자라서 대한민국을 대표하는 세계적인 그림작가가 되었습니다!"라고 쓸 수 있으면 좋겠지만, 지금 나는 평범한 직업인職業人 그림작가다. 세계적인 작가는 안 됐지만, 누군가 나에게 일찍부터 꿈을 정해 여기까지 오게 된 비결을 묻는다면 그림이 삶을 버티는 힘이자 가장 친한 친구가 되어준 것은 맞지만, 다른 데 눈 돌릴 줄 모르고 규칙에 잘 순응하는 아이였기에 가능했다고 답할 것이다.

학창 시절, 수업 내용이 귀에 안 들어와 교과서 구석에 낙서를 했다가 선생님으로부터 수업 안 듣고 뭐 하냐며 창피를 당한 적이 있다. 내게 일탈이란 고작 그 정도였다. 무단결석을 한 것도 아니고 선생님에게 말대답한 것도 아닌,

지루한 수업 시간에 아주 잠깐 교과서에 그림을 그리며
딴생각하는 정도. 그림보다 더 좋은 게 없기도 했지만,
있었다고 해도 나 같은 아이가 해오던 걸 버리고 다른 길을
택하긴 쉽지 않았을 것이다. 정신을 자유롭게 풀어놓고
새로운 세계를 찾아다니는 예술가여야 하는데, 너무 안정을
추구하고 체제에 맞춰 살아온 건 아닌가 싶어 다른 길을
경험하고 온 이들이 오히려 부러울 때도 있다.

언제 어떻게 그림작가를 시작하게 됐는지는 중요하지
않고, 그림작가가 되는 법칙이나 공식이 있는 것도 아니다.
재수생 시절 그림을 처음 시작해 미대에 온 친구, 미술을
전공하지 않았음에도 독특한 느낌으로 그림을 소화해내는
이, 안정적인 회사에서 자리 잡고 일하다가 뒤늦게 이쪽 일을
시작하는 사람 등 그림을 시작한 시점이 모두 다른 이들을
그림작가라는 이름으로 만나게 된다. 모두가 나처럼 일찍
그림을 시작한 것도 아니고, 꾸준히 그림만 그려온 것도
아니다. 그림작가가 되는 길은 그림작가의 수만큼 존재한다.
목적지에 도달하는 방법은 전부 다르므로 말하고 싶은 것과
보여주고 싶은 것이 생길 때 그림을 시작해도 괜찮다.
오랜 시간 축적해온 표현력이나 타고난 것처럼 보이지만
알고 보면 부단한 노력이 만들어 낸 감각, 다른 이들과 다르게
보기 위해 키워온 관찰 능력은 한순간에 따라잡을 수 있는

것이 아니다. 무엇이든 긴 시간 꾸준히 쌓아온 것을 이길
수는 없다. 하지만 누구나 살아온 만큼의 경험과 그것을 통해
느낀 생각, 자신만의 관점이 자기 안에 축적되어 있다. 무언가
그리고 싶은 게 있다면 어떻게 그릴지 방법을 모르는 것은
큰 문제가 아니다. 우선 생각을 꺼내서 어떤 방식으로든지
그려보고, 또다시 그리고, 계속 그려보자. '내 그림'이라고
칭할 수 있을 때쯤 다른 이들도 나를 그림작가로 불러주고
있을 것이다.

제게 일 좀 주세요

처음부터 일이 넘쳐나는 신인 작가는 아마 거의 없을 것이다. 아무리 그림을 잘 그리는 사람이라고 해도 업계에 이름이 알려지기까지는 시간이 필요하다. 나 역시도 일러스트레이션 일을 막 시작했을 당시에는 먹고살 수 있을 만큼 돈을 벌진 못했다. 잡지사나 출판사, 디자인 스튜디오의 메일로 포트폴리오를 보내고, 일러스트레이션 관련 커뮤니티 이곳저곳에 그림을 올려둔 후 일이 들어오기를 무작정 기다렸다. 오랜 기다림 동안에는 GUI(graphical user interface) 디자인 아르바이트를 하며 얻은 수입으로 생활했다.

시각디자인과 학생이던 나는 2학년을 마치고 1년간 휴학하며 휴대폰 회사에서 인턴을 했는데, 당시 떠오르는 분야였던 GUI를 우연히 접하게 됐다. 3학년이 되고 나서는 그때 경험을 살려 디자인 스튜디오에 취업해서 GUI 디자인을 하며 회사 근무와 학교생활을 병행했다. 스마트폰이 출시되기 전이라 지금처럼 애플리케이션이나 기기의 인터페이스 같은 개념이 대중적으로 흔하지 않았고, 디자인과 학생이라고 해도 컴퓨터 홈페이지가 더 익숙했기 때문에 휴대폰이나 내비게이션, 텔레비전에 들어가는 GUI 디자인은 생소했다. 그래서 그 일을 할 수 있는 학생이 거의 없었고 경험이 있던 내게 아르바이트가 자주 들어왔다. 덕분에 생활비를 여유롭게 쓸 수 있었고, 4학년이 되자 한창 떠오르고 있던 그 분야로 가면 졸업 후에 더 큰 돈을 벌 수 있겠다는 생각이 들어 대기업에 입사를 지원하기로 마음먹었다.

나는 다른 지원자들과 달리 학생 때부터 여러 GUI 일을 해서 이름만 대면 알 만한 큰 브랜드의 포트폴리오를 갖고 있었다. 또한 인턴십 프로그램 때 수행한 과제에서 단순한 그래픽 디자인을 넘어 UI의 중요성을 강조하고, 휴대폰 시장의 변화를 전망·분석까지 한 터라 당연히 붙을 거라 예상했다. 하지만 마지막 관문인 면접에서 보기 좋게 떨어졌다. 자신만만했던 일이 틀어지자 괜한 반항심이 솟구쳤던 것인지, 디자인 실력보다 영어 능력을 먼저 보는 대기업의 입사 지원 기준에 못 미쳤던 내 토익 점수 탓인지, 성향과 맞지 않는 일인데도 오로지 돈만 좇는 건 옳지 않다는 생각이 번뜩 들었던 것인지 모르겠다. 여하튼 그 이후로 다른 곳에 더 지원해볼 생각도 하지 않고 내가 어릴 때부터 가장 좋아해온 일, 하는 동안 가장 행복한 일인 그림 그리는 직업을 찾아 일러스트레이터를 하기로 결심했다.

두고 봐.
성공해서 돌아올게.

내가 이 일을 시작할 당시에는 배우처럼 누가 캐스팅해 주지 않으면 일을 할 수 없는 구조라서 클라이언트가 내 그림을 매체에 실어주기를 기다릴 수밖에 없었다. 요즘은 SNS를 통해서 자기 그림으로 만든 굿즈를 판매하기도 하고, 책과 그림 관련 페어에 나가는 등 적극적으로 자신을 알릴 수 있는 길이 많아졌다. 예전처럼 누군가 나를 캐스팅해 주길 기다리기보다 변화하는 플랫폼에 빠르게 적응하여 자리를 선점하는 것이 중요해졌다.

아무튼 그때는 인스타그램과 유튜브가 아닌 싸이월드가 주류인 때였고, 블로그가 점점 유행하긴 했으나 개인 홈페이지에 포트폴리오를 올려놓는 게 당연한 시대였다. 그사이 데뷔 방식이 너무 많이 달라져서 내 신인 시절을 돌아보자니 흙먼지가 두껍게 쌓인 고대 역사책을 끄집어내는 것만 같다. 또 현재 상황에 그대로 적용할 수 없는 경험담을 다시 펼쳐볼 필요가 있을까 걱정도 되지만, 내가 글과 그림을 모두 다루는 그림작가로서 첫발을 내디딘 순간이라 조심스레 꺼내어본다.

지금은 SNS가 발달해 개인의 검색 성향에서 도출해낸 알고리즘을 바탕으로 좋아하는 그림 스타일을 띄워주고, 취향이 비슷한 주변 팔로워를 거쳐 여러 작가의 계정에 쉽게 접근할 수 있다. 그러나 예전에는 직접 작가의 홈페이지에

접속하거나 일러스트레이터를 모아놓은 홈페이지에서 작가 이름을 하나하나 눌러 들어가 보지 않는 한, 신인 작가의 그림은 눈에 띄기 어려운 폐쇄적인 구조였다. 당시 할 수 있던 최선의 방법은 내 그림을 써줄 만한 곳에 포트폴리오 메일을 돌리는 것이었다. 편집자나 디자이너의 메일 주소를 알 방법이 없어서 무작정 출판사의 공식 메일로 보냈는데, 그러면 독자를 관리하는 담당자의 메일함으로 들어갈 게 뻔했다. 바쁜 그들이 스팸일지도 모르는 메일을 친절하게 편집자나 디자이너에게 전달할 리 없다고 생각하면서도 작은 희망을 품고 기다렸다. 그렇게 몇 개월이 지나도 성과가 없자 내 메일은 열어보지도 않고 휴지통에 버리는 게 분명하다는 결론에 이르렀다. 결국 그림엽서를 프린트해서 출판사에 직접 찾아가 돌린 적이 있다. 조용한 사무실 문을 살며시 열고 들어가 출입구에서 가장 가까운 직원에게 "저, 저기요. 저는 일러스트레이터인데요. 그림엽서를 드리려고 왔어요"라고 쭈뼛거리면서 빨개진 얼굴로 식은땀을 뻘뻘 흘리며 엽서를 건넸다.

　누군가에게는 아무렇지 않은 일일 수도 있으나 낯을 가리고 내성적인 성격의 나에게는 처음 본 사람에게 엽서를 전달하며 상황을 설명하고, 내 그림을 꼭 봐달라고 말하는 게 전날 여러 번 연습할 정도로 긴장되고 어려운 일이었다. 대부분 고맙다고 친절하게 받아줬는데 적막을 깨고 인사를 하는 순간, 사무실에 있던 모든 직원이 나를 바라보는 느낌이었고 해서는 안 되는 행동을 한 것처럼 부끄러웠다. 문을 열고 들어가자마자 빨리 그 자리를 피하고만 싶었다. 그 와중에도 마지막 말은 잊지 않고 남기며 뒤를 돌았다.

"편집 디자이너분께 꼭 전달해 주시겠어요?"

이런 나의 노력에도 불구하고 한 곳에서도 연락이 오지 않았다. 그런데도 '나는 할 만큼 했다. 이래도 일이 안 들어온다면 내 그림이 쓰일 곳이 없다는 거다. 나를 알리려 노력했으니 이만하면 됐다'라고 여기니 마음이 편해졌다. 지금 생각해보면 이상한 자기 위안이었던 것 같다. 그림은 더할 나위 없이 좋은데 나를 알리려는 노력이 부족해서 일이 없는 게 작가로서 덜 자존심이 상하는 일 아닌가. 아무튼 급한 대로 노력하지 않은 내 탓이라는 자책감에서는 벗어날 수 있었다.

다행히 거기서 포기하지 않고 마지막으로 다른 방법을 한 가지 더 썼다. 나를 알릴 마지막 기회라고 생각했던 것은 아니고, 이 방법을 통해 일이 계속 들어오면서 저절로 마지막이 되었다. 우연히 북디자이너 인터뷰를 모아놓은 책을 보게 됐는데 거기 나온 디자이너 중 글자만을 사용해 표지 디자인을 하거나 직접 그래픽을 만드는 분들을 제외하고, 표지에 일러스트레이터의 그림을 쓴 적이 있던 분들께 내 그림을 첨부해 메일을 보냈다. 메일을 휴지통에 버리지

지금 저 밖에
안 보는데요.

모두 저 말고,
제 그림만 봐주시라고요.

않고 열어만 봐줘도 감사할 거라 생각했는데 그림이 정말
좋다고 바로 답을 준 분도 있고, 당장은 함께할 원고가
없지만 나중에라도 꼭 연락드리겠다고 답장을 준 분도 있다.
예의상 보내준 답신일 수도 있지만 누군가 내 그림에 관심을
보였다는 것만으로도 큰 위안과 용기를 얻었다. 그리고
메일을 보내준 분들은 얼마 지나지 않아 정말로 나에게
작업을 제안해왔고, 얼마 뒤에는 경력보다 과분하게도
신문에 글과 그림을 연재하게 됐다. 그림에 짧은 문장 하나를
덧붙이는 게 전부였으나 일 년 정도 연재를 하며 내 생각을
담아낸 글과 그림을 함께 전달하는 것이 어떤 느낌인지
경험할 수 있었다.

　책을 좋아하긴 했어도 무조건 단행본 그림작가가
되어야겠다고 생각한 적은 없다. 당장 무슨 일이든 필요했다.
그래서 북디자이너 분들에게 메일을 돌리던 게 단행본
그림작가로서의 시작이 될 중요한 순간일지 그때는 짐작도 못
했다. 출판 분야에서 실력을 인정받은 디자이너들과의 작업은
책에 실렸을 때 그림을 더 돋보이게끔 만들어줬고, 그로
인해 대부분 좋은 성과를 냈기 때문에 거기서 오는 보람과
뿌듯함이 더욱 컸다.

　그분들과의 작업을 통해 책에 그림이 실리는 게 얼마나
즐거운 일인지 알게 됐고, 화폭을 벗어나 글과 어우러지는
디자인으로 잘 안착되어 멋지게 다시 태어나는 과정을

지켜보는 것도 신났다. 그래서 내가 작업한 책이 잘 인쇄가
됐는지 보기 위해 출판사에서 출간 날짜를 알려주기도 전에
매일같이 서점을 드나들었다. 그때부터 점점 책을 가까이
두게 됐고 힘들 땐 종이 냄새를 맡으러 서점으로 향했으며
그림밖에 모르던 내가 위안을 받기 위해 글을 찾게 됐다.

그렇게 책에 그림을 그리기 시작해서 기업광고 그림
작업을 한 적도 있고, 지금은 그림을 활용한 굿즈나 모바일
이모티콘을 판매하기도 한다. 하지만 이 책에서는 내가
그림작가를 시작할 수 있었고 오랫동안 지속할 수 있게 해준
'책'과 관련된 그림 작업으로 범위를 좁혀, 그림을 그리다가
글까지 쓰게 된 과정을 이야기해보려고 한다.

무엇을 그려야 하나요?

뭘 그려야 할지 모르겠다는 고민을 들은 적이 있다. 그리고
싶은 게 없는데 왜 굳이 그리려 하는지 되묻고 싶었다. 억지로
소재를 찾아서 그릴 필요는 없다고 말하려다가 너무 바빠
무엇을 그리고 싶은지 고민하기 전에 왜 그리고 싶은지조차
생각할 여유가 없는 직장인의 삶을 잘 알기에 그렇게 말하지
못했다. 대신 친구와의 만남, 전시나 영화 관람처럼 자극이
들어오는 일 말고, 아무것도 하지 않고 가만히 앉아 '멍
때리는' 시간을 가져보는 게 어떻겠느냐고 말해줬다. 그런
시간이 생기면 처음에는 정말 아무 생각도 없다가, 그 상황이
조금 더 길어지면 명상이 익숙하지 않기 때문에 묻어놨던
여러 생각이 머릿속을 훑고 지나간다. 그중 하나에 꽂히면
거기서 파생된 생각들로 머리가 가득 차게 되는데 그것이
내가 그릴 만한 이야기, 쓰고 싶은 소재가 되기도 한다. 내가
좋아하는 귀여운 동물이나 마음 따뜻해지는 일화뿐만 아니라
나를 화나게 만들었던 사람, 잊고 싶은 기억, 짜증 났던
순간이 떠오를 수도 있다.

꼭 아름답고 행복한 기억만 그릴 필요는 없다. 그림에는 분출의 기능이 있으니 떠오르는 것을 자연스럽게 토해내면 된다. 하고 싶은 말이 있어 입을 여는 것처럼 그림도 글도 하나의 소통 방법일 뿐이다. 머릿속에 맴도는 것에서부터 그려나가면 된다. 그래도 아무렇게나 뒤죽박죽 떠오르는 것은 도저히 그리고 싶지 않고, 어디서부터 그려야 할지 모르겠다면 자주 접하는 상황부터 손대는 것이 좋다. 출근길이나 등굣길에 매일 만나는 지하철 안 사람들, 점심시간마다 마시는 커피처럼 익숙한 소재, 친근한 감정은 낯선 것에 비해 표현하기 쉽다. 아마 자기도 모르는 사이에 관찰하고 있었을 테니 형태를 잡는 데도 손이 수월하게 움직일 것이고, 자주 접한 만큼 거기서 얻은 에피소드가 다양할 가능성이 높다. 특별한 것을 찾을 필요 없이 자신의 일상이 가장 좋은 소재다.

간혹 인터뷰를 하면 어디서 영감을 얻느냐는 질문을 받곤 하는데, 많은 사람이 궁금해하는 부분이기도 하다. 내 입에서는 특별한 대답을 들을 수 없을 것이다. 나의 답은 '일상'이기 때문이다. 다른 작가의 소개 글에서도 '소소한 일상을 그리고 있습니다'라는 표현을 심심치 않게 볼 수 있다. 그게 사실이다. 소소한 것들에서 다르게 보이는 지점을 찾아내는 것일 뿐, 영감은 언제나 보통의 나에게서 나온다. 다른 작가들도 큰 틀은 다들 비슷할 거로 생각한다. 자신과 함께 사는 고양이나 개의 움직임을 그리는 작가도, 우주의 탄생이나 심오한 철학을 담은 상상의 공간을 그리는 작가도, 분홍색 접시에 담긴 아기자기하고 예쁜 조각 케이크를 그리는 작가도, 기괴한 형태의 초현실적 괴물을 그리는 작가도 모두 마찬가지다. 각기 다른 물체와 행위에서 영감을 받았지만, 그에 앞서 대상을 바라보면서 무언가 표현하고 싶다는 감정을 느낀 것은 동일하다. 영감의 대상이 무엇인지보다 대상을 어떻게 바라보는지가 중요하다.

　식물을 키우면서 느낀 생각을 그림으로 담아낸 〈광합성〉이라는 전시를 선보인 적이 있다. 거친 환경에서 살아남기 위해 자신의 잎을 스스로 떨구기도 하고, 연한 싹이 단단하고 질긴 껍질을 뚫고 나오며 성장하는 모습을 보면서 강한 생명력과 삶에 대한 치열한 욕망을 느꼈고, 그들의 살아 있음에 깊은 감명을 받아 그림을 그리게 되었다고 전시의 내용을 설명했다. 식물을 키우고 관찰하면서 자극을 받아 그리게 됐지만, 그림에 담은 내용은 식물을 바라보며 느낀 내 감정에 대한 이야기였다.

　같은 나무를 보고도 누구는 아름다운 초록의 색감과 독특한 가지의 형태에 영감을 받고, 어떤 이는 나무 기둥을 오르락내리락하는 개미를 바라보며 삶의 방향에 대해 생각하다. 또 다른 이는 나무 그늘이 시원함과 청량함을

나는 식물을 키우니까
식물을 그려볼게.

잎이 다
떨어졌네.

그려내고 싶을지도 모른다. 나무를 볼 때 어떤 부분이 눈에 들어오고 어떤 생각이 떠올랐는지 살펴보고, 그 부분을 강조하거나 세밀하게 표현하면 남과 다른 시선을 가진 글과 그림이 나올 것이다. 그렇게 하면 무엇을 쓰고 그리든 유일한 내 것이 된다.

자기 생각을 그대로 표현한 그림이 쌓이면 의도하지 않아도 하나의 카테고리가 만들어진다. 나에 대해 그렸을 뿐인데 자신이 무엇을 그리고 있는지, 무엇을 계속 그리고 싶은지 저절로 방향이 드러난다.

광고나 포스터 같은 매체에 쓰이는 그림은 스쳐 지나가는 찰나에 사람들의 눈길을 끌어야 하므로 감정 전달보다는 당장 눈에 띄는 구도나 색채, 스타일 자체가 매우 중요하다. 그림은 브랜드의 이미지를 상징하기도 하고 이야기와 감성을 드러내기도 하지만, 그림의 첫 번째 역할은 한눈에 시선을 잡아끄는 것이다. 그림에 꼭 특별한 의미를 담아야 하느냐, 그저 귀엽고 예쁜 느낌만 주고 싶다고 말하는 그림작가도 있다. 쉽게 보고 가볍게 즐기는 유희의 그림을 그리는 것도 하나의 스타일이다. 그림을 그리는 이가 자신에게 잘 맞고 더 끌리는 쪽으로 그리면 된다.

하지만 문학책에 그림을 넣는다면 이야기가 다르다. 독자는 책 안에서 단순히 예쁘고 귀여운 그림을 기대하지 않는다. 물론 요즘에는 예쁘고 말랑말랑한 그림으로 채워진 팬시 문구 같은 책도 많은 사랑을 받고 있지만, 책을 집어 든 독자는 그림이 어떤 이야기를 품고 있는지에 초점을 맞춰 글과 그림을 본다. 글의 분위기와 동떨어지지 않으면서도 그림만으로 이야기가 되고, 글에서 말하고 있는 것보다 더 많은 것을 느끼게 해준다면 더없이 훌륭할 것이다. 책에는 감정을 담은 그림이 필요하다.

　무대 위에서 춤을 추고 노래를 하는 한 가수를 보게 됐다. 감정을 고스란히 담아낸 얼굴로 춤추고 있었는데, 풍부하면서도 억지스럽지 않은 표정이 단순히 무대만을 위한 연습과 몸에 익은 연기에서 나오는 게 아닌 것처럼 보였다. 끊임없는 노력이 있었겠지만, 평소에도 그는 감정을 잘 드러낼 줄 아는 사람일 거라 짐작했다. 알고 보니 그 가수는 정말로 무대 아래에서 기쁠 땐 어린아이처럼 환하게 웃고, 슬플 땐 오열하는 얼굴도 여과 없이 드러냈다. 평소 감정 표현에 익숙했기에 무대 위에서 자연스럽게 드러났을 거란 생각이 들었다.
　나는 잘 우는 사람이 좋다. 여기서 '잘'은 사전에 적힌 '옳고 바르게, 좋고 훌륭하게'란 의미처럼 적절한 때에 제대로 울 줄 아는 것으로 아무 때나 울어버리는 것을 말하는 건 아니다. 논리적이고 이성적인 대화가 필요하거나 갈등이 생겼을 때,

문제 해결을 위해 의견을 맞춰가야 하는 자리에서의 눈물은
싫다. 내가 좋아하는 눈물은 기쁨이 끓어올라 터져버린
환희의 울음, 다른 이의 아픔이 가슴 깊이 느껴져 자신도
모르는 새 흐르는 공감의 표현을 말한다.

　　표정을 감추지 않고 감정을 드러내는 습관은 자신을
표현하는 데 도움이 된다. 일상에서 자신이 느끼는 것을 자꾸
감추고 묻어버리면 그게 버릇이 되어, 나중에는 내가 무엇을
느끼고 무슨 생각을 하는지 점점 무뎌지고 만다. 감정 표현을
어려워하지 않아야 글을 쓰거나 그림을 그릴 때 감정을 더
크게 증폭시킬 줄도 안다.

　　또한 감정이 커질수록 그 안에서 세분화가 가능해져
더욱 섬세하게 그려낼 수 있다. 감정이 제 방향으로 계속
나아가도록 내버려 둘 필요가 있다. '나는 남자라서 안 돼,
어른이니까 안 돼, 내 위치에서는 이런 모습을 보여선 안
돼'라고 제어할수록 그 감정은 어느새 이성으로 덮여 결국
무엇을 드러내야 할지 모르게 된다. 여기서 하나 덧붙이자면
주변 사람들에게 히스테리를 부리거나 화, 짜증, 분노를 시도
때도 없이 표출하라는 말은 아니다. 인간관계 안에서의 의사
표현과 작가라는 자아로서의 감정 표출은 분리해야 한다.
"예술가는 예민하게 굴어도 돼, 원래 까칠한 사람들이야,
까다로운 게 자연스러운 거야"라는 프레임을 만들어놓고
가족이나 친구, 연인을 함부로 대하는 사람은 별로다. 예민한

감수성은 오로지 작업 안에서 풀어야 한다.

영감을 받는다는 건 감정의 문이 열렸다는 뜻이다. 그 문을 통해 받아들인 신선한 이야기와 눈에 보이는 형태, 순간의 인상과 평소에 가지고 있던 고민이 뒤섞이며 그림과 글이 만들어진다. 같은 것을 보고도 사람마다 받아들이는 정도와 표현하는 내용이 다르다. 충분한 경험을 하고 다양한 일을 겪었음에도 무엇을 쓰고 그릴지 잘 모르겠다면 감정이 닫혀 있는 것은 아닌지, 감정을 억누르고 있었던 것은 아닌지 확인해봐야 한다.

소재 수집은 나에게는 감정 수집과 같은 말이다. 감정을 수집하고 축적해놓는다. 시시해 보이고 밋밋한 그 수집품들이 뒤이어 들어온 다른 감정과 부딪히고 얽히면서 어떤 매력적인 소재로 탄생하게 될지는 작가 자신도 모른다.

어떻게 그려야 할까요?

일 년 동안 주간지 연재 글에 그림을 실은 적이 있다. 연재가
끝난 후 작가분이 쓴 글은 단행본으로 발간되었다. 그런데
책에는 연재했던 내 그림이 아니라 책을 위해 섭외된
다른 그림작가의 그림이 실렸다. 그림작가 일을 시작하고
나서 일 년 동안은 포트폴리오에 넣을 만한 작업이 거의
없었던 터라, 이 년 차에 시작한 그 일에 큰 애정을 가지고
작업했었다. 단행본과 다르게 주간지는 일주일이 지나면 더는
그 책을 보는 사람이 없다. 주간지에 실리는 그림의 수명은
일주일이란 뜻이다. 당시 그런 점은 중요하지 않았고 신인
시절 내게 주어진 그 일에 오로지 감사한 마음뿐이었다. 마침
다른 그림 의뢰도 거의 없어서 짧은 수명을 가진 그림 한 장을
그리는 데 긴 자료 조사 시간을 거쳐 공들여 그림을 그렸다.
그래서 다른 작가의 그림으로 책이 나온 것을 알게 됐을 때
상실감과 박탈감으로 마음이 텅 비었고, 반대로 머릿속에는
독기와 오기가 부글부글 끓어넘쳤다.

　"내 그림으로 책을 내기에는 많이 부족한가 보다. 앞으로는

다른 작가에게 자리를 뺏기는 일이 없도록 해야겠다. 내 그림을 모두가 원하게 만들자!"

그러고 나서 다른 작가들의 그림을 살펴보니 세상에는 잘 그리는 사람이 정말 많았다. 기발하고 독창적인 표현 기법을 쓰는 작가, 세련된 색채로 시선을 사로잡는 작가, 모두가 좋아할 만한 귀여운 캐릭터로 마음을 뺏는 작가, 몇 안 되는 감각적인 선으로만 화면을 꽉 채우는 작가 등 수많은 작가의 멋진 그림이 있었다. 그들의 그림을 볼수록 나의 독기와 오기는 준비되지 않은 자의 억지라는 것이 점점 또렷해졌고 과연 클라이언트들이 내 그림을 반드시 원하도록 만들 수 있을지, 어떻게 하면 나만의 그림을 그릴지 막막했다.

잘 해내고 말겠다는 다짐과 어떻게 풀어나가야 할지 모르는 막막함이 공존하던 그즈음에 저지른 실수가 하나 있다. 책 표지 의뢰가 들어왔는데, 책의 원고는 번역 중이어서 원고를 읽지 못한 채 출판사의 콘셉트만 듣고 그림을 진행하게 됐다. 출판사 측에서는 원서 표지의 피가 뚝뚝 떨어지고 사체 일부가 담긴 음산한 그림은 국내 독자에게는 거부감이 들지도 모르니 원서의 잔인한 분위기를 중화시켜달라고 당부했다. 그전까지 단행본 표지 그림 작업을 해본 건 겨우 한 번뿐이었다. 뒤에서 조금 더 이야기하겠지만, 책 표지 그림은 결코 만만하게 볼 수 없는 어려운 작업이다. 나 또한 표지가 예뻐서 집어 들었다가 책을 다 읽고 난 후, 글과는 다른 느낌의 표지 그림에 실망한 경험이 독자로서 몇 번 있다.

번역서를 작업하게 되는 경우, 원서의 표지보다 더 멋지다는 소리를 듣는 게 가장 기분 좋다. 그런데 그 책은 원서의 표지가 더 마음에 든다는 독자 의견을 보게 됐다. 나의 부족한 경험 탓에 책 전체를 보지 못하고 출판사의 요청에만 과하게 신경 쓴 나머지 정작 책의 분위기는 놓쳐버린 것이다. 만약 해당 원고와 저자의 이전 글들을 읽어 글의 느낌과 장르의 특성을 잘 파악했더라면, 잔인하지만 매력적인 지점을 놓치지 않고 다른 방식으로 충분히 표현할 수 있지 않았을까 하는 아쉬움이 남은 책이다.

그 후, 일할 때는 무조건 원고를 읽는 강박이 생겼다. 여러 번, 내가 완전히 흡수할 때까지 읽었다. 책 작업을 하면서 원고를 읽는 건 당연한 거 아니냐고 생각하는 사람도 있을 것이다. 그러나 그림작가들이 한 번에 하나의 일만 하지는 않는다. 동시에 여러 일을 진행하느라 매번 시간에 쫓기고 마감에 떠밀린다. 때에 따라 수정이나 추가 그림 요청으로 인해 예상했던 것보다 작업 시간이 더 소요되는 일도 생긴다. 그렇게 되면 작가마다 일의 단계에서 그나마 덜 중요하다고 생각하는 과정에 할당한 시간을 줄일 수밖에 없다. 이때 여러 그림작가들이 원고를 읽는 시간을 줄이는 것으로 알고 있다. 심은 시간이 있어두 독서에 취미가 없어 원고를

옷은 정말 예쁜데
너랑 안 어울려.
이거 누가 입었어?

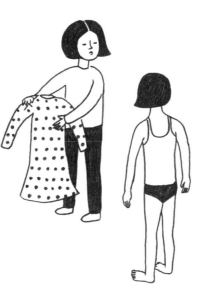

안 읽는 작가도 있다고 들었다. 그리고 그림작가의 의지와 상관없이, 편집자가 아직 글 교정이 안 끝났다며 원고의 일부만 주거나 자신이 중요하다고 생각하는 꼭지를 골라서 주기도 하고, 줄거리만 주는 경우도 있다. 그럴 때면 거친 초안 상태여도 상관없으니 원고를 다 달라고 요구했다. 간혹 영화의 예고편이 영화의 전부를 보여주는 경우도 있지만, 막상 영화를 보고 나왔을 때 예고를 통해 짐작했던 느낌과 전혀 다를 때도 있지 않은가. 요약본은 요약한 사람의 관점에 의해 만들어진다. 같은 책을 읽고도 사람마다 좋아하는 문장이 다른 것처럼 편집자와 내가 영감을 받는 구절은 각기 다르다. 또한 줄거리는 말 그대로 줄거리일 뿐 그 안에 저자의 복잡 미묘한 감정은 전혀 담겨 있지 않다. 전체를 다 읽어야만 책의 느낌을 알 수 있고 저자가 말하고자 하는 바를 이해할 수 있다. 특히 문학 장르는 보이는 문장 뒤에 보이지 않는 감정이 훨씬 많이 감춰져 있다. 그 부분을 파악할 필요가 있다고 생각했다. 더불어 주요 내용과 아무 상관없이 스쳐 지나가는 뜬금없는 단어에서 그림의 소재가 생각난 적도 많다는 게 내가 책을 다 읽고 작업하는 이유다.

『말하자면 좋은 사람』은 원고가 나와 있기도 했고 그림 작업에 들어가기 전, 정이현 작가의 전작도 읽었다. 이 책 또한 신인 시절 알 만한 작업은 위에서 말한 주간지 그림이 전부였을 때 의뢰가 들어왔던 일이다. 내세울 만한 경력도 없는 내게 오로지 그림만 보고 일을 준 출판사에 좋은 그림으로 보답하고 싶었다. 내가 생각하는 좋은 그림이란 글의 분위기와 잘 어우러지는 그림이었다. 좋은 그림을 그리기 위해서는 저자가 그동안 어떤 생각을 가지고 글을 써왔으며 이 글을 쓸 때는 어떤 느낌이었을지를 알아야 한다고 생각했다. 나에게 책 읽기는 마감 시간에 쫓겨 소홀히 넘겨도 되는 단계가 아닌 중요한 과정이었다.

책 그림 작업 경력이 쌓여갈수록 앞선 책처럼 번역이 끝나지 않았다는 등의 이유로 피치 못하게 전체 원고를 읽지 못하고 작업을 진행하면 불안해졌다. 그림 또 책의 콘셉트만 듣거나 번역 일부만 읽고 작업해야 했다. 한 번의 실수 이후로 그런 경우에는 해당 저자의 다른 책이 출간되어 있다면 그 책을 읽는 방식을 택했다. 그렇게 작업한 책이 『보르헤스 논픽션』 시리즈다. 보르헤스의 글은 난해하기로 유명한데, 그것을 내가 이해하고 그림으로 담아내는 게 가능할지 시작하기 전부터 부담이 컸다. 그리고 보르헤스의 다양하고 폭넓은 이야기에 어울리는 그림을 그리지 못해 보르헤스 팬들의 기대를 충족시키지 못할까 봐 두려웠다. 원고는 일부만 번역이 된 상태였다. 그것을 반복해 읽으며 그림을 풀어나갈 방향을 고민하다가 논픽션은 아니지만, 한국에서 번역 출간된 소설 『픽션들』과 『알레프』, 인터뷰를 모은 『보르헤스의 말』을 읽으며 저자의 생각을 이해해보려 했다.

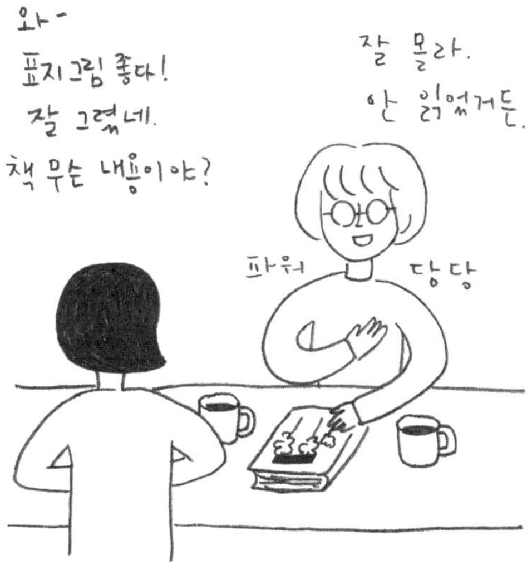
와-
표지 그림 좋다!
잘 그렸네.
책 무슨 내용이야?
잘 몰라.
안 읽었거든.
파워
당당

아이작 아시모프의 『파운데이션』 시리즈도 번역 원고 일부만 읽고 작업에 들어간 책이다. 아서 C. 클라크의 『스페이스 오디세이』 시리즈, 찬호께이와 미스터 펫의 『스텝』 같은 SF 장르의 책 표지는 내가 그렸다고 말하지 않으면 지인들도 모를 정도로 그간 알려진 내 그림 스타일과 많이 다르다. 책의 느낌에 따라 그림 기법에 약간의 변화를 줄 때가 있는데 『파운데이션』 시리즈가 그 시작이었다.

이 일을 처음 의뢰받았을 당시 출판사의 요청은 내가 그리던 대로 밀도 있고 세밀한 수작업을 통해 미래 도시를 표현해 달라는 것이었다. 그 요구 사항에 맞춰 샘플 그림을 보냈으나 출판사에서는 좀 더 강렬하고 날카로운 느낌을 담아 수정해주길 원했다. 하지만 그림을 더 발전시켜보려고 해도 그동안 그려오던 기법으로는 더 강렬한 느낌이 나오지 않아 고민했다. 그러다 나의 평소 그림은 전혀 신경 쓰지 않고 처음 그림을 시작한 사람처럼 오로지 파운데이션의 느낌을 살리는 데 집중하기로 했다.

이런저런 재료로 실험해보고 새로운 방식으로 그려보며 샘플 작업에 오랜 시간을 들였다. 손에 익은 방식에서 벗어나 다른 방법을 사용해 완성도 높은 작품을 끌어내기란 말처럼 쉽지 않았다. 며칠째 해결점을 찾지 못해 지쳐 있는 와중에 대학생 시절 공간 조형 수업 시간에 만들었던 조형물이 방에 걸려 있는 게 눈에 들어왔다. 어두운 밤을 배경으로 별의

형상을 한 조형물이 천장에 매달려 빙글빙글 돌고 있는
모습이 마치 우주에 떠 있는 파운데이션처럼 보였고, 그것을
이용해 우주의 에너지가 분출하는 이미지를 만들어보자는
생각이 들었다. 조형물을 사진으로 찍어 변형과 콜라주를
하고 다각형 도형과 기하학 패턴, 기계적 그래픽 요소를
덧입혀 추상적이고 차가운 느낌의 그림을 완성했다. 평소
내가 그리던 아크릴 수작업 그림과는 180도 다른 그림이었다.
한창 경력을 쌓아가며 내 이름과 그림을 알리던 시기에
기법의 변주는 득 될 게 없는 불안한 시도였을 수도 있지만,
책의 느낌을 살리는 게 더 중요하다는 판단 아래 도전했고
다행히도 좋은 평을 받았던 작업이다.

　일러스트레이션은 있어도 되고 없어도 되는 글의 보조
도구가 아니라고 분노하는 그림작가들이 있다. 나 또한
일러스트레이션이 글과 상관없이 독자적인 목소리를 내야
한다는 것에는 동의한다. 하지만 전시장에 걸린 그림이 아닌
이상, 책에 글과 함께 담기는 그림의 역할이 꼭 주인공일
필요 또한 없다고 생각한다. 분위기 있는 바에서 흘러나오는
음악은 들릴 듯 말 듯 공간을 떠다니다가 대화하는 도중에는
아예 사라진 것처럼 느껴지기도 하고, 정적이 찾아올 만하면
어디선가 나타나 대화의 틈을 메우기도 한다. 있는 듯 없는
듯하나 해서 그 음악이 중요하지 않다고 말하는 사람은

없을 것이다. 어떤 상황에서는 그림이 글의 배경으로 조용히 분위기를 잡아주는 게 그 역할의 전부라면, 그 역할을 제대로 다 할 때 책에 온전히 녹아들어 가면서 그림이 더 빛나는 것 아닐까.

내 그림을 하나로 묶어 주는 것은 이야기인 것 같다. 찬찬히 들여다볼수록 숨겨진 이야기가 드러나고, 독자의 감정에 따라 다르게 보이는 그림을 좋아한다. 말을 건네는 그림을 그리는 것처럼 다른 작가의 책 작업에서도 저자의 생각을 전달하는 과정이 재미있다. 그림이 글보다 돋보이지 않더라도 책이 아름다운 것이 좋다.

주변에서 흔히 겪는 웃긴 일상은 눈을 점으로 찍고 팔다리가 짧은 귀여운 캐릭터로 표현했을 때 훨씬 와닿았고, 우울한 감정이나 내면의 이야기를 다룰 때는 선과 면으로 섬세하게 사용하여 묘사한 그림이 더 알맞았다. 그래서 그림에 변화가 조금 생길지라도 그림과 글이 잘 어우러져서 하나의 이야기를 보여주는 방식을 택하게 됐다.

그 점 때문에 글과 그림을 함께 쓰고 그리고 싶은 욕구가 더 생긴 걸지도 모른다. 그림이 글의 보조 도구로만 쓰이는 게 싫어서가 아니다. 글과 그림을 각기 다른 사람이 쓰고 그리며 서로를 돕거나 뒷받침하는 대신 처음부터 한 사람이 만들어낸다면 어떨까. 말로는 다 할 수 없었던 느낌을 시각적으로 곧장 전달할 수 있고, 눈으로만은 완벽하게 이해가 어려운 부분을 말로 덧붙이면 어떨지 궁금했다. 그리고 쓰며, 쓰고 그리는 내 스타일은 이렇게 일을 하는 과정에서 잡혀갔다.

자신만의 스타일로 꾸준히 그리며 자기 세계를 만들어나가는 사람을 작가라고 부른다. 그리고 자신만의 색이 있어야 사람들이 그 작가를 찾을 이유가 생긴다. 스타일 면에서 아직 자기만의 것을 찾지 못했다면 그 이유는 많이 그려보지 않아서일 가능성이 크다. 스타일은 방향을 정하고 그려내는 것이 아니라 그린 것 안에서 생겨난다. 여러 장을 그려봐야 그 안에서 자연스럽게 교집합이 드러나 내 그림만의 카테고리가 생성되듯이 스타일 또한 마찬가지다. 의도하지 않았으나 수많은 그림에서 공통으로 드러나는 특징을 하나의 스타일이라고 말할 수 있다.

또 스타일을 눈에 바로 보이는 형식이나 기법이라고 생각할 수도 있지만 꼭 그렇지만은 않다. 그림의 내용과 스타일을 분리해 생각하는 것은 사실 의미가 없다. 기법이나 재료는 고전적인 방식을 사용하나 현시대의 감성을 담은 독특한 그림도 있고, 흔한 이야기를 담고 있으나 색채나 질감을 이용해 독창적인 스타일을 보여주는 그림도 있기 때문이다. 스타일은 작가를 그대로 드러낸다는 면에서 절대적이라 볼 수도 있고, 몇몇을 제외하고는 누구나 같은 재료와 컴퓨터 툴을 사용할 수밖에 없는 제한적인 상황과 보편적인 기법 안에서 차별성을 보여줘야 하므로 상대적일 수도 있다. 이러든 저러든 남들과 차이를 두어야 한다는 것은 틀림없다.

처음에는 무작정 좋아하는 작가의 그림을 따라 그리게 되는데, 자기 것이 없는 상태에서는 그릴 때마다 다른 느낌으로 그려질 수 있다. 도구 또한 디지털 툴과 수작업 재료 사이에서 자신의 손에 맞는 것을 정하지 못해 계속 바뀔 수도 있다. 그래도 상관없다. 시작할 때는 누구에게나 내 것이 없고 내 것이 어떤 건지 모른다.

내가 좋아하는 것을 손이 가는 대로 반복해서 그리면 언젠가 여러 장의 그림에서 하나의 공통점이 보일 것이다. 그 공통점이 보일 때에야 비로소 자신만의 특징을 발전시킬 수 있다. 공통점이 눈에 보일 정도가 되려면, 꽤 많은 그림이 모여야 한다. 자신만의 스타일을 찾는 방법은 한 가지밖에 없다. 많이 그려보는 것이다.

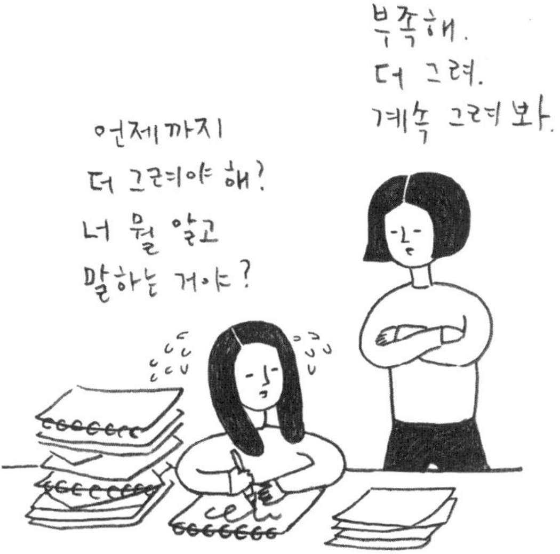
부족해.
더 그려.
계속 그려봐.
언제까지
더 그려야 해?
너 뭘 알고
말하는 거야?

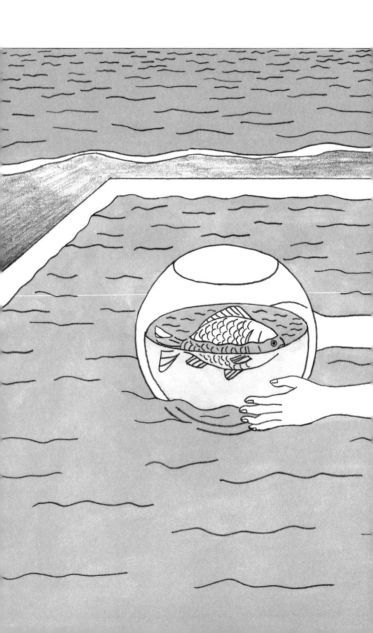

그리고 먹고살려고요

글·그림 백두리

독자님, 안녕하세요. 마음산책입니다.

무연히 그 삶이 궁금해지는 이가 있었습니다. 그림과 글 모두에서 자신만의 확고한 아이덴티티를 구축한 작가지요. 마음산책의 세 번째 'X북' 주인공은 그리고 쓰는 작가, 백두리입니다. 마음산책, 북스피어, 은행나무 세 출판사의 합동 프로젝트인 X북 제3탄은 처음으로 국내 저자들과 진행하게 됐어요. 그만큼 첫 단추를 잘 끼우려고 무척이나 공들였고요. 무엇보다 '작가특보'라 이름 붙인 이번 기획에 걸맞은 분을 찾느라 애썼습니다. 그림을 애틋하게 여기는 마음산책이 잘 그리면서 잘 쓰는 백두리 작가와 협업하게 된 건, 어떤 운명이지 않을까 생각했어요. 작가는 이 작은 책에서 직업인이자 생활인으로 살아가는 그림작가의 삶을 여실히 보여줍니다. 작가로서의 프라이드, 클라이언트와의 관계, 프리랜서 생활의 장단점과 이일을 '먼저' 시작한 사람이 건네는 다정한 조언 들은 빼놓을 것 없이 두루 유익합니다. 끊임없이 그림을 그리던 어린 시절부터 어느 정도 안정된 생활을 하는 지금에 이르기까지 촘촘한 기록은 짤막한 회고록이기도 하고요. "다행히 아직까진 굶어 죽지 않고" 그리고 쓰며 먹고사는 그림작가의 일상이, 독자님께 또 다른 삶의 귀한 조각으로 받아들여지길 바랍니다.

마음산책 드림

그리고 쓰고, 쓰고 그리고

어렸을 땐 그림 대회만큼 글짓기 대회도 여러 번 나가 상을
타올 정도로 책을 좋아했다. 학창 시절, 학교 도서관의 책 맨
뒷장에 꽂힌 대출자 목록에 내 이름을 새기는 것이 즐거워,
그 재미로 책을 빌려 읽기도 했다. 수능을 준비한다는
이유로 독서 생활에서 점점 멀어졌지만, 대학생이 되고
또래 여자아이들 사이에서 인기였던 에쿠니 가오리나
요시모토 바나나 등의 일본 소설을 즐겨 읽으며 조금씩
독서의 즐거움을 되찾았다. 에쿠니 가오리가 쓴 『냉정과 열정
사이 Rosso』에 푹 빠져서 아오이가 하는 행동을 따라 했고,
피렌체의 두오모는 꼭 가보고 싶은 동경의 장소였다. 그러다
대학생 때 유럽 배낭여행 도중 피렌체를 가게 됐는데,
두오모의 어둡고 긴 계단을 홀로 올라가며 나만의 준세이가
그 자리에 있을 거라는 상상으로 감상에 젖기도 했다. 와줄
준세이도 없었으면서 말이다.

　자라는 동안에는 그림이란 존재가 너무 커서 책이 나에게
어느 정도 영향을 끼치게 된 건 그림작가 일을 하면서부터다.

이 일을 하며 책과 글을 이해하기 위해 이것저것 손이 가는 대로 읽기 시작했는데, 그만큼 좋은 책을 많이 접하며 독서의 즐거움을 알아갔다. 거기다 그리는 게 일이 되어버리면서 그림이 달래주던 마음의 빈자리를 책이 대신해주었다. 특히 소설을 읽고 뒤이어 작가의 평소 생각이 담긴 수필을 읽으면 책을 읽는 재미가 배가 됐다. 작가와 친밀해진 느낌이 들어 앞서 읽은 소설을 다시 한번 생각해보게 되었다. 산문에도 은유와 상징이 쓰이긴 하지만 시처럼 함축적이지 않고, 작가의 생각이 소설처럼 인물을 통해 걸러지지 않아 편하게 읽을 수 있다는 점도 좋다. 산문은 작가의 목소리가 그대로 들리는데, 일상을 담백하게 풀어내면서 감정을 담담하게 읊조리는 문체는 작가와 대화하는 기분마저 든다.

쉽고 짧은 글로 이루어진 산문집일수록 더 느리게 곱씹는다. 단어 하나하나마다 눌러 담은 감정을 천천히 읽어 내려가면서 나의 마음과 맞닿는 부분을 즐기다 보면 한 문장에 머무르는 시간이 길어져 페이지가 넘어갈 생각을 하지 않는다. 정보를 빠르게 습득하려는 목적이나 불가피하게 단시간에 다독을 해야 하는 상황이 아니라면, 작가가 단어를 고르고 문장을 매만진 시간을 생각하며 읽어 내려가는 게 그 책에 대한 예의라는 생각도 든다. 처음엔 저자를 이해하기 위해 산문집을 읽기 시작했지만, 지금은 나를 이해하기 위해 읽는다. 그들이 삶을 어떻게 바라보는지, 거기서 무엇을

느끼는지를 따라가다 보면 내 삶도 돌아보게 된다. 그렇다고 책을 통해 어떤 인간상이 되어야겠다는 깨달음을 얻거나 가치를 배워, 살아가는 데 적용하기 위해 독서를 하는 것은 아니다. 독서는 놀이에 가깝다. 나를 알아가는 재미일 뿐이다.

산문만큼이나 단편소설도 좋아한다. 장황한 전개와 거창한 서사로 이루어진 이야기보다 사소하고 소박한 것들, 누구에게나 일어날 법한 평범하고 자질구레한 이야기에서 더 전율을 느끼곤 한다. 안톤 체호프의 단편소설은 특히 하찮은 소재에서 느껴지는 거대한 숭고함이 있다. 유머와 서늘함이 공존하고 단순함과 진리가 맞닿아 있다. 우스꽝스러움과 연민, 진실과 왜곡처럼 상충하는 감정과 요소를 함께 느낄 수 있는데, 우리의 삶을 그대로 보여주고 있는 것 같아 읽을 때마다 감탄하게 된다.

단편소설은 가끔 이야기가 더 전개될 것 같은 상황에서 갑자기 끝을 맺기도 한다. 한창 달아오르던 마음은 모호함 앞에서 갈피를 못 잡고 어디로 뻗어 나갈지 잠시 당황하는데, 그 불친절함이 내게는 매력적으로 느껴진다. 처음부터 글을 다시 읽어가며 등장인물의 마음을 살핀다. 그리고 내가 작가가 된 듯 뒷이야기를 상상해본다. 마치 그림이 모든 것을 설명해 주지 않아 관객이 무한한 세계를 상상하게 만드는 것처럼 단편소설도 그림과 비슷한 매력이 있다.

쓰고 그리는 데 있어 내가 좋아하는 방식 또한 모든 걸 보여주지 않고 적당히 감추면서 보는 이에 따라 다르게 해석할 수 있는 여지를 주는 표현이다. 보는 이가 여러 단서를 통해 당시의 감정이나 상태에 따라 다양하게 해석할 수 있도록 하고 싶다. 쓰고 그린 책 『솔직함의 적정선』에 〈패〉라는 제목의 그림과 글을 실었다.

　"난 나의 모든 것을 보여줬어."
　"나도야. 이게 나의 전부인걸."

　글은 두 문장으로 끝내고, 두 사람이 테이블을 사이에 두고 마주 서서 각자의 패를 보여주는 그림을 그렸다. 한 사람은 뒤로 숨긴 다른 한 손에, 상대방은 발밑에 패를 감추고 있다. 글로만 두 사람이 자신의 패를 다 드러내지 않고 서로에게 숨기고 있는 상황을 설명할 수도 있지만, 그림을 보여줌으로써 독자가 자신의 경험과 현재 상황에 맞춰 감정을 빨리 이입시킬 수 있게 했다.
　손 뒤로 패를 감춘 사람의 등 뒤에는 거울이 있어서 발밑에 패를 감춘 사람은 상대의 패를 볼 수 있다. 언뜻 발밑에 패를 감춘 사람이 유리해 보이지만, 끝까지 패를 보여주지 않으려면 발을 움직일 수 없으므로 딱히 유리하지도 않다는 건 표현했다. 다만 그림 속 인물들이 패를 숨기고 있는 위치아

소품을 통해 독자가 자신만의 해석을 할 수 있길 바랐다.

같은 책의 〈간 보기〉에서는 두 사람이 가위바위보를 하는 상황을 글로 먼저 보여준다. 한 사람은 끝까지 바위를, 다른 한 사람은 끝까지 보를 내겠다고 한다. 그러나 뒷장의 그림에서는 둘 다 오묘한 표정으로 가위를 내고 있다. 두 사람이 이중적인 자기 모습에 부끄러워하고 있는지, 말과 다른 상대의 행동에 화가 나 있는지에 대한 설명은 없다. 바라보는 이에 따라 그림 속 인물의 감정은 언제든 달라질 수 있다는 걸 말하고 싶었다.

전시장처럼 그림에 대해 이야기할 자리가 있으면 관객들은 작가가 어떤 의도로 그림을 그렸는지 알고 싶어 한다. 나는 그런 관객에게 역으로 어떻게 보이냐고 묻는데, 내 의도보다 더 다양하고 흥미로운 대답이 나오곤 한다. 그림을 보는 방식에는 정답이 없기 때문에 관람객의 생각을 듣는 걸 좋아한다. 책이 독자의 독서라는 행위를 통해 온전하게 완성되는 것처럼 그림도 보는 이의 시선에 따라 여러 가지 이야기를 지닌 그림으로 재해석, 재탄생되는 과정을 통해 완성된다. 그래서 내가 그림의 의도를 설명하는 것이 정답처럼 들리지 않기를 바란다.

어떻게 해석하는지는 중요하지 않다. 책에 실린 그림을 글의 부속인 삽화로만 생각하지 않고 하나의 독립된 내용으로 찬찬히 살펴본다면, 아마 평소에 보지 못했던 것이 보일 수도

각자 다른 해석
각기 다른 탄생

있고 책을 더 재밌게 감상할 수도 있을 것이다.

체호프의 단편소설을 읽으면 삶은 단일한 감정으로 이루어진 것이 아니라 상반된 두 가지 성격의 감정이 함께한다는 사실을 새삼 깨닫게 된다. 한 단어로 설명할 수 없고 자신조차 본인의 마음을 잘 모르는 복잡한 상태나 여러 감정이 뒤얽힌 상황이 있다. 한 장의 그림으로는 전달이 어렵고 글로는 길게 상황 설명을 해야 하는데, 글과 그림을 한눈에 들어오게 보여주면 더 쉽게 전할 수 있다. 진지하고 심각한 글에 별것 아닌 감정을 담아 헛웃음이 나올 만한 귀여운 그림을 넣거나, 따뜻한 색감의 그림에 외롭고 서늘한 느낌의 짧은 글을 덧붙이는 식이다. 또는 구구절절 글로 쓰기에는 적합하지 않은 뒷이야기나 화자와 다른 시점을 보여주는 그림을 담아내는 것도 좋아한다. 그러면 보는 이들은 짧은 순간에 좀 더 다양한 감정을 끌어올릴 수 있고, 다른 방향으로도 생각할 수 있는 길이 열려서 이야기가 더욱 풍부해진다.

노래를 잘했다면 가수가 되었을지 모르고, 몸을 자유자재로 잘 쓰는 사람이었으면 댄서가 됐을지도 모른다. 어릴 때부터 말 다음으로 감정을 편하게 드러낼 수 있는 표현 방법이 그림이었기에 여기까지 오게 됐다. 내 생각을 더 잘 전달할 수 있는 소통 방법이 있다면 그림뿐 아니라 무엇을 택하든 나에겐 자연스러운 일이다.

그림은 보는 이의 영혼의 문을 활짝 열어 다른 세계로 나아가게 하고, 해석의 폭을 자유롭게 확장시킨다. 글은 독자를 저자의 영혼의 문안으로 초대해 그 세계로 깊이 빠져들게 만들고, 내밀한 영역을 탐구하게 한다. 그림은 도끼처럼 훅 치고 들어와 관객 자신도 모르게 울림과 타격을 주고, 글은 섬세하고 예리한 칼날로 천천히 날카롭게 감정의 정확한 부위를 쓸어내 저릿함과 쓰라림을 느끼게 한다. 그림이 저 너머의 다른 차원으로 멀리 날려 보낸다면 글은 블랙홀처럼 한없이 끌어들인다. 각자가 지닌 매력과 힘이 다르다. 그림과 글이 서로 아쉬운 점이 있어서 함께하는 것은 아니다. 그렇다고 굳이 따로 놀아야 할 이유도 없지 않은가.

지금의 나는 이야기가 시각화되고 이미지가 서술되는 문턱에 걸쳐 있다. 소속을 규정 지을 수 없고 두 성격을 모두 보여 줄 수 있는 것들에 무한한 매력을 느낀다. 나 또한 그림과 글이 상징과 묘사, 설명과 함축을 반복하며 서로 맞물려 보는 이로 하여금 또 다른 매력을 보여줄 수 있는 지점을 찾아 한 걸음씩 나아가는 중이다.

예체능은 훈련이 필요해

그림 도구를 다루는 법이나 이야기의 구조를 만드는 방식을 설명하듯 표현 기술에 대해 말하면 그림과 글은 전혀 다른 분야처럼 보일 수 있다. 그러나 큰 범위 안에서 무언가를 창작한다는 것은 동일하고, 그뿐 아니라 그림이나 글을 시작하는 것부터 쓰고 그리는 법과 연습 과정 또한 크게 다르지 않다.

머릿속으로 아무리 멋진 그림을 떠올려도 생각만 하고 꺼내 옮기지 않으면 아무 소용없다. 우선 종이를 펼쳐 그 위에 스케치를 해보고 마음에 안 들더라도 반복해서 그려봐야 한다. 그런데 위 문장에서 '그림'을 '글'로, '스케치'를 '초고'로, '그리기'를 '쓰기'로 바꿔 읽어도 전혀 어색하지 않은 걸 알 수 있다. 그래서 이 두 가지를 구분 지어 말하기보다 무엇이든 창작하기 위한 훈련 방법이라고 생각하며 이 글을 읽어준다면 좋겠다.

내가 쓰고 그린 첫 책은 블로그에 올린 글과 그림을 본 출판사의 제안으로 출간됐다. 오래전부터 그림일기를 써왔는데, 처음부터 책을 내겠다는 목적으로 시작한 것은 아니었다. 악기를 다루는 음악가들은 하루만 연습을 쉬어도 손가락 근육이 굳기 때문에 매일 쉬지 않고 연습을 해야 한다는 이야기를 들은 적이 있다. 그림이나 글도 비슷하다. 쓰고 그리는 생각의 근육을 오랫동안 사용하지 않으면 딱딱하게 굳어서, 다시 시작하려 할 때는 식어버린 머리를 달아오르게 하기까지 시간이 걸린다.

그림일기를 쓰는 것은 일이 없던 신인 시절에도 그림을 쉬지 않고 그려나감으로써 감을 잃지 않으려는 목적이 가장 컸다. 또 내 생각을 잘 표현할 수 있는 연습인 동시에 그림 의뢰가 들어오면 정해진 시간 안에 아이디어가 빨리 떠오를 수 있도록 글을 이미지화하는 능력을 키우는 훈련이었다.

순수 창작물과 의뢰받은 그림은 출발점에서부터 차이를 보인다. 전자는 머릿속에서 자연스럽게 떠오른 상상에서 시작하는 것이라면 후자는 일부러 상상을 준비하고 시작한다. 아무것도 보이지 않는 바다 한가운데에서 미지의 섬을 찾아가는 과정을 즐기는 것이 순수 창작물의 작업 과정이라면, 의뢰받은 상업미술은 도착지를 정해놓고 최대한 바다를 즐기며 항해하되 안전하게 도착하도록 자신의 위치를 계속 확인하면서 나아가는 것에 가깝다.

두 작업의 훈련법은 다를 수밖에 없다. 순수 창작물은 틀에 가두지 말고 자신을 열어둔 상태에서 생각을 한없이 넓게 펼쳐가야 한다. 상업미술은 그렇게 확장해놓은 작업을 콘셉트에 맞게 잘 다듬고 정리해 모듈에 알맞게 집어넣는 과정이라고 생각하면 된다.

클라이언트의 요청 사항이나 시장에서 요구하는 조건들이 가끔 그림을 가두는 틀이라고 생각될 때가 있는데, 오히려 그로 인해 의뢰받은 일을 하며 작가의 역량이 키워지는 경우도 있다. 틀이라고 생각했던 조건을 맞춰가는 과정에서 스스로 한정 지어놨던 자신의 그림 세계를 요청받은 틀에 끼워 맞추며 자기 그림의 벽을 깨보는 기회가 오는 반대 상황도 있으니 무조건 부정적으로 생각할 필요는 없다.

순수 창작물도 작가와 관객 사이를 잇는 소통의 연결 고리로 쓰이지만, 상업미술은 자신의 그림을 좋아하는 사람들뿐 아니라 불특정 다수의 대중 모두에게 다가가야 한다는 점에서 조금 더 폭넓게 소통하려는 노력이 요구된다.

그림은 잠재의식과 내면의 욕망을 풀어내는 창구이므로 그림일기는 감정 기록장 역할도 한다. 마음속 깊은 곳에 감춰둔 또 다른 내가 늘 세상 밖을 활보하는 것은 아니기 때문에 무의식이 드러나려 할 때 의식적으로 그것을 붙잡아 기록해둔다. 그런 순간은 의외의 곳에서 예상하지 못했을 때 불현듯 찾아오곤 한다. 떠오르는 것을 바로 기록해두지 않으면 생생한 느낌이 그대로 표현되지 않는다

작가라고 해서 다른 사람들에 비해 대단하고 특별한 경험을 하지는 않는다. 같은 경험 속에서 흘러가는 생각을 잠시 멈추고, 그 안에서 쓸 만한 것들을 기억해뒀다가 작업에 풀어낸다. 때로는 곧바로 풀어낼 수 없을 것 같은 일들도 나중에 아이디어가 될 만하다 싶으면 우선 기록해둔다. 머릿속에 담긴 생각은 대부분 불완전한 형태여서 막상 꺼내놓으면 별거 아닌 것처럼 보이곤 한다. 그러나 시간이 흘러 그 기록을 다시 꺼내 보면 생각지 못한 좋은 소재가 될 수도 있다. 또한 계속 기록해나가는 습관을 통해 의식하지 않아도 손끝에서 선과 글이 만들어질 때가 있다.

창작은 의식과 무의식을 넘나들며 불가능한 영역의 것들을 현실에서 가능하게 만든다. 무의식에서 날뛰는 것들을 실제로 빚어내지 않으면 아무 소용이 없다. 글쓰기와 그림 그리기는 이를 가능하게 하기 위해 한자리에 진득하게 앉아 다듬고 매만지며 고쳐나가는 끈기와 지구력이 필요한 일이다. 그러므로 일정한 날, 일정한 시간에 쓰고 그리는 습관을 들이는 게 좋다. 그 과정에서 원하는 대로 표현이 잘 되지 않아 큰 벽 사이에 갇힌 듯한 답답함을 종종 느낀다. 교착 상태가 이어지면 상황을 회피하게 되고 그 자리에서 도망치고 싶어진다. 그러나 완성을 통해서만 성장 가능한 부분이 있다. 습관은 어떤 일을 힘들여 억지로 하는 것이 아니라 어느 순간

몸에 배어 나도 모르는 사이에 자연스럽게 행동하게 됨을 말한다. 억지로 하지 않아도 되는 일만큼 즐거운 것은 없다. 일정한 시간에 일정한 장소에서 꾸준히 이어나가던 습관을 통해 어려웠던 일들이 어렵지 않게 되는 경험을 할 수 있다.

　습관이 들면 이제는 익숙해지는 것을 경계해야 한다. 이제까지 습관을 들이라고 해놓고 익숙해지지 말라는 게 모순으로 들릴지도 모른다. 앞서 말했던 것은 글과 그림을 만드는 데 쓰는 시간과 행동에 습관을 들이라는 말이지, 계속 똑같은 것을 찍어내는 방식에 익숙해지라는 의미는 아니다. 몸에 익는다는 건 내 몸이 어떤 것을 했을 때 편한지 잘 알게 된다는 뜻이다. 몸과 머리는 언제나 쉬운 쪽으로 움직이고 싶어 한다. 많은 일이 겹쳐서 바빠질수록 새롭게 생각하기보다 전에 그려놓았던 그림을 답습하거나, 예전에 아이디어를 전개하던 방식을 그대로 가져와 편한 길을 가고자 하는 마음이 생긴다. 또한 마감이 있는 일은 정해진 시간 안에 최상의 그림을 만들어내야 하기 때문에 그전의 경험에서 검증된 효율적인 그리기 방식을 택하게 된다. 의뢰받은 일을 통해서는 새로운 것을 시도하거나 탐구해보기가 쉽지 않다. 그래서 경력이 쌓일수록 의뢰받은 작업 외에 가끔은 여유를 가지고 고민해볼 수 있는 순수 창작물을 만드는 시간이 더 절실하다.

창작자라면 하나의 주제를 심도 있게 연구하기 위해 같은 것을 수없이 다시 그리며 차곡차곡 쌓아 올리는 것과 새로운 것을 만들어내지 못해 어쩔 수 없이 쳇바퀴처럼 제자리를 맴돌며 찍어내는 것의 차이는 굳이 설명하지 않아도 잘 아리라 믿는다.

익숙함에 주의해야 하는 또 다른 이유는 낯선 상태일 때 새로움을 발견하기 쉬워서다. 선입견과 고정관념이 없을 때 우리는 상상력을 발휘할 수 있다. 한번은 어린 조카와 함께 낮에 하늘을 보고 있었다. 조카가 파란 하늘에 뜬 낮달을 손가락으로 가리키며 "찢어진 달이다!"라고 말했다. 그러고 보니 낮달은 마치 하얀 종이를 손으로 찢어 하늘에 살짝 붙여 놓은 것처럼 보였다. 같은 달을 보고 아무 생각이 없던 나는 조카의 표현이 놀랍고 신선했다. 내게는 매일 보는 평범한 달이었지만, 조카의 눈에 밤에는 경계선이 또렷하게 빛나다가 낮에는 종이처럼 하얗고 찢어진 듯한 달의 모습은 낯설어 보였을 것이다.

우리는 점점 모든 것을 당연하게 받아들이고 똑같은 방식으로 판단한다. 감각이 조금씩 무뎌져 간다. 많은 사람이 여행에서 영감을 얻는다고 말하는 이유는 휴식으로 인한 재충전의 효과도 있지만, 낯선 환경에서 오는 자극 때문이기도 하다. 마치 낯선 여행지를 다니듯 일상의 사소한 부분도 다시 돌아보고, 매일 마주하는 사물도 태어나서 처음 보는 것처럼 어린아이의 순수한 눈으로 바라보며, 당연하게 여기던 현상을 호기심을 가지고 바라보자. 보던 대로 보고 듣던 대로 듣는 것에서 조금이라도 벗어날 수 있다면 매번 새로운 표현법을 찾느라 머리를 싸매고 끙끙 앓는 일이 적어질 것이다.

익숙함을 멀리해야 하는 마지막 이유는 비슷함을 만들어낼 위험을 지니고 있어서다. 좋은 것을 만들고 싶다면 좋은 것이 무엇인지부터 알아야 한다. 좋은 글과 그림이 무엇인지 모르면서 그것을 쓰고 그린다는 말은 앞뒤가 맞지 않는다. 좋은 글과 그림이란 남이 정한 베스트셀러나 인스타그램에서 하트를 많이 받은 작품이 아니라 내 마음을 진정으로 움직이는 작품이다. 그걸 찾으려면 많은 그림을 보고 많은 책을 읽어보는 수밖에 없다. 음식을 먹어보지 않고 요리를 하겠다면, 노래를 전혀 듣지 않는 사람이 갑자기 곡을 쓰겠다고 하면 이해가 되겠는가? 책을 읽어보지 않고 글을 쓴다는 것은 불가능하다. 많이 읽어봐야 좋은 글이 어떤 글인지 구분하는 능력이 생기고, 자신이 어떤 글을 읽을 때 영감을 받으며, 자신의 취향과 맞는 책은 어떤 것인지 알게 된다. 취향이 생겼다는 건 원하는 것을 알게 됐음을 의미한다. 취향이 생기면 그때부터는 무작정 많이 흡수하지

않고 자신에게 맞는 몇 권의 책, 몇 개의 문장, 몇 장의 그림을 통해서도 충분히 영감을 받을 수 있게 된다.

이때부터 주의가 필요하다. 글과 그림을 만들어내는 과정에서 그동안 흡수한 여러 본보기가 자신의 필터를 거치지 못하고 그대로 나오게 되는 경우가 있는데, 모방에 그칠만한 것임에도 경험이 부족한 창작자 초기에는 내 것이라고 착각하기 쉽다. 또한 무의식중에 녹아 있던 다른 이의 이야기와 이미지가 의도하지 않았는데 비슷하게 표현되는 일도 간혹 생긴다. 나만의 것을 만들어 내는 과정에서 익숙함은 언제나 조심해야 하는 위험 요소다.

창작은 시작도 마무리도 어렵지만, 중간 단계인 연습과 훈련은 버겁고 고되며 심화와 발전 과정은 예민하고 까탈스럽다. 매 순간 자신을 관찰하고 기록하는 것이 몸에 익을 때쯤 이번에는 익숙함을 버려야 하는 고비가 온다. 어느 하나 쉬운 단계가 없다.

그림작가도 직업인입니다

수정과 협업

2017년 『디스옥타비아』라는 책의 그림 작업을 하며 올해의 북디자인에 선정되는 기쁜 일이 있었다. 이 책을 함께 만든 디자이너는 내게 첫 단행본 표지 일을 준 분이기도 한데, 첫 책을 작업할 당시에 내가 어찌나 서툴렀는지 다시는 내게 그림 작업을 맡기지 않을 거라고 생각했다. 표지 일을 의뢰받기 전에는 언제든 기회만 오면 서점에 놓인 어떤 책보다도 멋지게 해낼 수 있을 것 같았다. 그런데 막상 첫 단행본 표지 일을 받자 근거 없는 자신감은 어디 가고 새하얀 도화지를 태어나서 처음 본 사람이 된 것 같았다. 책의 장르는 SF였는데 그때만 해도 이 분야에 관심이 별로 없었다. 시장 조사를 위해 간 서점에서 SF 책을 둘러보다가 길을 잘못 들어 낯선 도시에 온 사람처럼 어느 방향으로 가야 할지 몰라 괜히 책만 만지작거렸다. 클라이언트가 나의 취미는 무엇이고 내가 선호하는 책은 어떤 분야인지 어떻게 알 것이며, 안다고 한들 무슨 상관이 있겠는가. 내 그림이 책의 콘셉트와 잘 맞을 것 같아서 연락했고 그림작가가 흔쾌히 받아들였다면 그들은 자신의 판단이 옳았음에 기뻐할 것이다. 그 기쁨에 부합하는 작업물을 만들어내는 것이 그림작가의 몫이다.

　다른 예술가와의 컬래버레이션과 일반 클라이언트에게 의뢰받은 작업이 어떻게 다르냐고 묻는다면 이렇게 답할 수 있다. 컬래버레이션은 예술가의 인생 전반을 관통해온 태도와 가치관을 담아 함께 콘셉트를 만들어가는 작업이고, 상업미술은 클라이언트가 잡아 놓은 콘셉트와 비슷한 그림을 그리는 일이다.

　친근하지 않은 장르인 데다 표지 작업 경험도 없었던 터라 무엇을 그려야 할지도 모르겠고 어떻게 해야 하는지 감이 잡히지 않았다. 원고의 한 장면을 직접적으로 표현하는 것은 세련되지 않아 보였으나, 그렇다고 책의 인상만 담아 줄거리와 전혀 상관없는 그림을 그릴 용기는 없었다. 표지로 적합하지 않은 힘없는 스케치만 줄줄이 그려댔다.

　표지는 그 책의 첫인상이다. 책의 느낌을 제대로 드러내면서 속내는 감춘 듯한 표현으로 궁금증을 자아내는 역할도 같이 해내야 한다. 큰 캔버스에 그리듯 웅장함이나 숭고함을 내세워 압도할 수 없고 여러 장의 그림을 연결하여 천천히 감정을 끌어낼 수도 없으며, 입체감 있는 효과나 특수한 이벤트의 도움을 받을 수도 없다. A5 사이즈 정도의 작은 공간이라는 동일한 조건 아래 서로가 어깨를 나란히

하고 서점의 매대에서 치열한 전쟁을 벌이고 있으며, 온라인 서점에서는 손톱만 한 얼굴을 들이밀고 나를 좀 봐달라 소리치고 있다.

표지에는 원고의 내용, 책의 분위기, 숨겨진 저자의 메시지, 장르만의 색, 호기심을 불러일으킬 만한 요소, 이 책을 읽을 독자층, 매대에서 눈에 띌 주목성, 내 색을 잃지 않으면서 대중을 설득시킬 매력 등 담아내야 할 것이 많다. 앞서 말한 광고와 포스터의 기능까지 수행해야 한다. 이 조건들은 사실 여러 번의 표지 작업을 경험하고 난 후에야 비로소 신경 쓸 수 있게 됐지, 첫 작업 당시에는 그런 요소를 생각할 정신도 없었다. 오로지 원고의 내용만 정리해서 담아내기에도 버거웠다.

내 생각을 내 방식대로 그리는 것과 저자의 생각을 이해한 후 재해석하는 그림의 작업 방식은 완전히 달랐다. 지식이 많다고 해서 잘 가르치는 게 아닌 것처럼 단순히 그림을 잘 그린다고 그림작가 일을 잘할 수 있는 것은 아니다. 의뢰한 이들과의 무리 없는 진행을 위한 소통 능력, 현시대의 흐름이나 시장의 변화를 파악하고 대처하는 통찰력과 순발력 등도 갖춰야 한다. 정해진 조건이나 주어진 상황에 맞게 그림을 변형할 수 있는 유연함도 그중 하나다.

유연함은 클라이언트뿐만 아니라 그림작가 자신도 덜 힘들게 하는 중요한 요건이다. 이 일은 엄연히 클라이언트가 있는 직업이다. 누군가 돈을 주며 마음대로 해도 좋다고 말한다면 그것은 일이 아니라 후원이다. 작가는 공장에서 기계로 물건을 바로 찍어내는 것처럼 요청이 들어온다고 그림을 뚝딱 뽑아낼 수 없으니 창작자로서의 존중과 대우를 받아야 마땅하다. 다만, 클라이언트는 돈을 주고 나의 능력을 사는 것이다. 대가를 지불했기 때문에 자신이 원하는 바를 요구할 수 있는 위치를 갖게 된다. 아주 가끔 아무 틀 없이 그리고 싶은 대로 그려도 좋다는 일을 한 적도 있다. 원고의 내용에 따를 필요가 전혀 없는 일도 있었지만, 그런 상황에도 책의 키워드 정도는 있다. 만약 그 책의 콘셉트가 검정인데, 요즘 기분이 흰색에 가깝다며 흰색을 표현하겠다고 떼를 쓸 수는 없는 일이다.

원고조차 신경 쓰지 않아도 된다는 경우는 매우 드물다. 대부분은 책의 방향과 원하는 콘셉트가 명확하다. 문제는 눈에 보이는 이미지가 아니라 클라이언트의 머릿속에 든 생각을 그들의 표현법으로 설명하기에 말하고 있는 이에게만 명확하고 또렷하다는 점이다. 그림작가는 본인만의 방식으로 듣고 이해하게 된다. 더 큰 문제는 여기서부터 시작된다. 명확해 보이는 말들은 머릿속에서는 추상적인 이미지로 존재한다. 예를 들어 "화려하게 그려주세요"라고 했을 때 그 자리에서는 편집자와 디자이너와 그림작가 모두가 '화려함'이라는 콘셉트에 동의하고 화기애애한 분위기 속에서 미팅이 즐겁게 마무리된다. 그러나 누구는 단순한 형태에 강렬한 색의 대비가 들어간 그림을 떠올릴 수도 있고, 누구는 모노톤에 복잡한 요소가 빽빽하게 들어찬 그림을 생각할 수도 있다. 모두가 동의한 한 단어에서 시작했을지라도 각자의 해석에 따라 그림이 전혀 다른 방향으로 가게 된다. 여기서 '수정'이라는 단계가 찾아온다.

그림 작업은 보통 '콘셉트 회의 – 아이디어 스케치 – 본 스케치 – 채색 샘플 – 채색'의 단계로 이루어진다. 일에 따라 추가되는 단계도 있고 생략하는 단계도 있다. 수정이 전혀 없이 한 번에 컨펌되고 일사천리로 진행되는 일들도 있지만, 어떤 일들은 단계마다 여러 번의 수정을 거친다.

그래서 회의 과정에서는 "우리 서로 원하는 방향이 맞네요. 어쩜, 정말 훌륭한 작업이 나올 것만 같지 않아요?"라는 말을 주고받아 놓고, 막상 그림이 나온 순간부터 분위기가 안 좋아지는 경우가 더러 있다. 편집자가 원하는 원고의 방향과 두드러졌으면 하는 내용이 있을 것이고, 작가가 받아들인 원고의 느낌이 있을 것이다. 말로는 동일했던 그 느낌이 다른 이미지의 결과물로 나오면 서로의 의견을 이해시키기 위한 설득의 시간이 시작된다.

이 과정에서 서로의 생각을 이야기하다가 자칫 감정싸움이나 기 싸움으로 번지면 올바른 판단을 하지 못하게 될 수도 있다. 내 그림의 의도가 무시당했다고 느끼면 수용할

수 있었던 클라이언트의 의견에도 괜히 더 반박하게 되고, 내가 놓쳐서 실수했던 부분도 모른 척하며 내 의견을 우기게 되는 경우도 생긴다. 맞는 말도 틀리다고 생트집을 잡게 될 수도 있고 틀린 말도 맞다고 괜히 큰소리치게 될 수도 있다. 그로 인해 편집자나 디자이너는 그림의 아쉬운 부분을 한 번 더 강하게 피력하니 작가는 또다시 상처만 받는 꼴이 된다. 서로 좋을 게 없다.

수정 과정은 이 직업을 갖기 전에는 생각하지 못했던 부분이다. 많은 작가가 이 과정에서 꽤 스트레스를 받는데, 밖에서 볼 땐 이 과정이 힘든 줄 전혀 알지 못한다. 누군가 내 직업에 대해 알고 나면 "창작의 스트레스가 심하시겠어요"라고 말을 건넨다. 의뢰받은 일의 아이디어가 잘 떠오르지 않으면 당연히 힘들지만, 아무것도 없는 상태에서 무언가 만들어낼 때의 희열이 있다. 머릿속에서 명작이 만들어졌다고 느낄 만큼 완벽했던 그림이 실제 채색 과정에서는 생각처럼 구현되지 않아 답답함과 좌절감이 들기도 한다. 하지만 색을 칠하는 행위 자체에서 기쁨을 느끼기도 하고 그렇게 자신과의 싸움을 지나 그림을 마무리하고 나면 성취감도 느껴진다. 창작에 대한 고통은 있지만 기쁨도 그만큼 크다. 그러나 수정 작업을 마주하면 괴롭기만 하다. "이 일을 하면서 뭐가 가장 힘들어요?"라고 묻는다면 창작의 고통, 숨을 조여오는 마감 일정, 빼어난 재능을 가진 이들과 스스로 하는 비교, 대중의 평가, 불안한 미래 등 여러 답이 있겠지만 아마 많은 작가가 '타인의 의사에 따른 그림 수정'이라고 하지 않을까 싶다.

그림작가는 자신의 그림이 가장 돋보이는 구도나 배치를 그리므로, 보통 자기 그림 스타일을 지키고 싶어 한다. 클라이언트가 원고에 맞게 그림 내용을 조금만 바꿔달라고 해도 그에 어울리도록 구도와 배치를 모두 바꿔야 하는 경우도 있고, 반대로 색이나 크기 같은 조형적인 부분을 변경해달라고 함으로써 그림으로 전하고자 하는 메시지가 바뀌는 일도 생긴다. 그림의 조형성과 안에 담긴 이야기를 분리해서 생각할 수는 없다.

내 그림 속 인물들은 대부분 무표정인데 웃는 얼굴로 바꿔달라는 요구를 가끔 받았다. 그림에서 얼굴이 차지하는 면적은 아주 작았지만, 나는 그 표정이 그림의 분위기를 좌우한다고 생각했다. 그림에서 겨우 1밀리미터 정도밖에 되지 않는 입꼬리를 살짝 수정하면서 그림 전체의 인상이 바뀌었다고 느낀 적도 있다.

또한 의뢰인은 예의를 차린다고 했던 행동인데 그게 오히려 화를 불러일으키기도 한다. 한번은 그림을 왜 바꿔야만 하고 그림의 어떤 부분이 만족스럽지 못한지에 대해 긴 글이 적힌

워드 파일을 받은 적이 있다. 수정을 요청하는 게 미안해서 오해 없게 자신의 견해를 설명하고 싶었던 의뢰인의 의도는 이해하나, 내 그림의 혹평으로만 채워진 긴 평론을 읽는 것 같아 문서의 스크롤을 내리면서 인상은 구겨질 대로 구겨졌다. 수정의 이유를 설명할 때는 분명하고 간결한 게 좋다.

의뢰인이 볼 땐 큰 수정인데도 아무렇지 않은 듯 흔쾌히 받아들일 때가 있고, 반대로 별것 아닌 작은 수정 사항에 과하게 반응하며 불쾌해하는 경우도 있다. 만약 그림작가가 느끼기에 중요한 요소를 바꿔야 한다거나, 때론 최선을 다한 그림이 부정당했다는 생각이 들면 작업에 흥미가 떨어지는 일도 생긴다. 그로 인해 방향성을 잃고 이리저리 헤매다 작가 특유의 개성도 살리지 못하고, 클라이언트가 원하는 요구 사항도 반영하지 못한 이도 저도 아닌 결과물이 나오기도 한다. 수정으로 발생하는 최악의 경우다.

처음부터 서로가 원하는 그림이 완벽하게 나와서 수정 과정이 없는 것이 모두에게 가장 좋다. 아쉬운 소리로 작가를 어르고 달래가며 일을 진행하고 싶은 의뢰인이 어디 있겠는가. 우리는 같은 말을 쓰고 있지만, 생각을 완전히 일치시킬 수는 없기 때문에 개인의 생각을 이해하고 서로의 언어로 번역하여 하나의 이미지로 도출하는 데는 어느 정도 배려와 노력이 필요하다.

신인 시절에는 내 의견을 고집하고 우기는 경우가 잦았다. 그런데 시간이 지나면서 수정했을 때 좋은 결과가 나온 작업이 하나둘 늘어나는 것을 보게 된다. 지금은 수정 내용에 대해 크게 반박하거나 온 힘을 쏟아 내 그림의 정당성을 주장하지 않는다. 경험이 쌓여갈수록 수정 사항에 대해서는 상대의 의견을 다 받아들인다는 마음으로 회의에 임하려고 한다. 순간의 감정을 억누르고 찬찬히 요구 사항을 살펴보면 클라이언트의 말이 맞을 때도 많다. 수정 내용이 클라이언트의 취향일 뿐이라 생각해서 반발감이 들 때도 있었지만, 시간이 지나고 나서 돌이켜보면 나 역시 나의 취향을 주장한 적이 있다. 주변 친구들과 내 그림을 좋아해주는 사람들은 언제나 달콤한 응원의 말만 해준다. 주위 사람들로부터는 그림을 평가받을 일이 거의 없기 때문에 자기 생각은 흠 없이 완벽하다는 착각에서 벗어나기 어렵다. 그래서 수정 사항을 살펴보는 것은 그림을 객관적인 시각으로 돌아볼 기회가 되기도 한다. 내 그림의 정체성을 지킨다는 명분으로 책의 분위기를 무시했던 부분이 있을 수 있다. 의뢰받아 진행하는 책은 작가의 전시 도록이 아니다.

　　물론 상식에서 벗어나 자신의 가치를 갉아먹는 수정 요청에 대해서는 단호하게 거절할 줄 알아야 한다. 나 또한 황당하고 무례한 수정 사항을 더는 용납할 수 없어 프로젝트를 중단한 적도 있다. 그런 상황까지 모두 수용해야 한다는 것은 아니다.

그림 수정을 긍정적으로 생각하자고 한쪽에 치우쳐 이야기한 것은, 대부분의 작가가 자기 그림을 지키기 위해 수정 사항을 거부하는 일은 누가 일러주지 않아도 처음부터 잘하고 있어서다. 그림은 지극히 개인적인 영역이니 그 안에 여럿이 들어오려 한다는 느낌을 참기 어려울 수 있다. 그래서 처음에 이야기했듯 수정에 대한 유연한 태도는 작가의 정신 건강에도 큰 도움이 된다. 어느 선까지 들어주고 멈출지에 대한 판단은 경험을 쌓아가며 각자의 기준에 맞게 세우면 된다.

수줍음이 많고 내성적인 나는 혼자 일하고, 혼자 그리고, 혼자 작업실에 있는 이 직업이 누구보다 나에게 잘 맞는다고 생각했었다. 그런데 아니었다. 프로젝트가 바뀔 때마다 매번 팀원도 바뀌고 그때마다 호흡을 맞추는 과정, 일하는 순서, 협의 방식 모두 새로 파악해야 했다.

홀로 한 것처럼 보이는 일들은 알고 보면 보이지 않는 많은 사람이 함께 만들어낸 공동 작업물이다. 이 직업을 갖기 전에는 책 한 권이 나오기까지 이렇게 많은 사람의 시간과 노력, 정성이 들어가는 줄 몰랐다. 책에 조금이라도 관여한 사람이라면 모두가 그 책이 세상에서 반짝반짝 빛나기를 바란다. 편집자, 북디자이너는 책을 돋보이게 하기 위해 그림작가를 섭외하며 그들 중 누구도 책과 그림을 망치기 위해 의견을 내는 사람은 없다. 내 그림을 싫어했다면 처음부터 나에게 그림을 의뢰하지도 않았을 것이다. 최상의 결과물을 만들어낸다는 공동 목표를 향해 나아간다.

그림작가가 되기 전에 수정이라는 과정이 있을 거라는 사실을 잘 몰랐듯이 여럿의 의견을 담아내야 하는 작업이라는 생각도 쉽게 하지 못한다. 절대 혼자 하는 일이 아님을 기억해둬야 한다.

그림작가도 직업인입니다

마감에 대하여

햇볕은 몸을 노곤하게 만들 정도로 적당히 내리쬐고 선선하게
불어오는 바람은 얼굴을 간지럽히며 머리카락을 살며시 들어
올린다. 바닷가에 앉아 한 손에 들어오는 작은 크기의 수첩을 펼쳐
그림을 그리다가 잠시 내려놓은 후, 이번에는 물기가 송골송골
맺힌 맥주 캔을 들고 모래사장을 거닐어본다. 맥주 한 모금과
비릿한 바다 내음, 철썩이는 파도 소리가 감각을 자극했는지
어느새 영감이 떠오른다. 순간의 감정들이 날아가지 못하게 얼른
붙잡고는 재빨리 수첩을 열어 그림으로 기록하고서 뿌듯함과
벅차오름을 느낀다.

'이게 꿈에 그리던 진정한 그림작가의 삶이구나!'라는 헛된
망상은 넣어두는 게 좋다. 이는 현실을 조금도 반영하지 못한
드라마에서나 나올 법한 장면이다. 그림작가는 대개 작은 방
한편의 책상 앞에 앉아 작업대에 고개를 처박고 어깨를 한껏
웅크린 채 손가락과 손목, 팔뚝에 강한 힘이 들어가는 노동을
한다. 마감이 있는 이 일은 정해진 시간 안에 무조건 창작물을

만들어내야 하므로 정신노동의 강도가 세지만, 인간의 신체에 이롭지 못한 자세로 긴 시간 동안 한쪽 근육만 반복해서 사용하기 때문에 육체노동의 강도 또한 생각 외로 크다. 그리고 싶을 때 여유롭게 그림을 그려왔다면 나를 비롯한 많은 작가가 작업으로 인한 목과 허리, 어깨와 손목 통증을 호소하며 오십견이나 목디스크 같은 직업병에 시달리고 있지도 않을 것이다.

그림작가들이 해변에 앉아 스케치를 하는 경우도 물론 있다. 직장인과 마찬가지로 휴가 때나 가능하다고 보면 된다. 여행 중에 본 풍경을 그 자리에서 그려내 SNS에 올리는 작가도 많지만, 나는 휴가 중에는 손에 연필을 쥐지 않는다. 영감이 떠오르면 휴대폰 메모장에 바로 적어두긴 해도 휴가지에서 그림을 그린 적은 아직 없고 앞으로도 없을 것 같다. 무언가 손에 쥐고 그리는 동작을 취하려는 순간, 내 손의 근육은 일을 시작할 때와 똑같은 감정을 뇌로 보낸다. 곧 마감의 긴박함이 떠오르며 일을 하는 기분이 들어 여행 기간에는 손으로 표현하는 행위를 멈추게 된다. 한때 유행했던 컬러링북도 많은 이에게는 힐링의 도구였지만, 나에게는 수많은 칸을 채워야 하는 과제로 느껴져 머리가 어질어질하기만 했다.

마감의 긴박함을 떠오르게 하는 것은 주간지나 신문처럼

정해진 날과 시간에 무조건 인쇄를 해야 하는 경우다.
한번은 그림의 세세한 사항까지 관여했던 월간지 일을 한
적이 있다. 새벽 3시에 전화를 주고받으면서 그림의 수정
내용을 실시간으로 반영하고 있자니, 마치 한 공간에서 같이
밤샘 작업을 한 것 같은 기분이 들었다. 그런 작업은 주말과
평일, 낮과 밤의 구분이 없고 인쇄 직전은 언제나 급박하게
돌아가니 그림작가도 그 시스템에 맞게 움직여야 한다.

또 당장 처리하지 않으면 인쇄 시간을 맞출 수 없는 급한
일이 아니었음에도 불구하고 시도 때도 없이 연락하는
클라이언트를 만난 적도 있다. 주말에도 연락해서 그림
수정을 요청하고 늦은 저녁에도 전화를 걸어 통화가 안 되면
불쾌해하던 곳이었다. 이 정도로 예의가 없는 곳은 극히
드물다. 많은 클라이언트가 밤늦게까지 작업하다가 아침에
잠이 들었을 작가를 배려해서 오전에는 연락하는 것조차
조심스럽게 여긴다.

평일과 주말 구분 없이 일하고 있지만, 프리랜서도
주말을 좋아하는 이유는 그 시간에 메일이나 전화가 오지
않을 거라고 예상하기 때문이다. 누군가 나에게 새로운
요청 사항을 전달하지 않을 거라는 생각만으로도 마음에
평화가 찾아온다. 그림작가도 직장인과 다를 바 없이 회의에
참석하고 일에 관련된 전화를 주고받으며 답신을 보내야
한다. 그래서 클라이언트가 일하는 시간에 맞춰 되도록

평일에 일하고 주말에는 휴식을 취하려 한다.

일하고 싶을 때 일하고 놀고 싶을 때 놀며 쉬고 싶을 때 쉬는 게 프리랜서인 줄 알고 있다면 꼭 그렇지만은 않다. 프리랜서가 직장인보다 일하는 시간을 유동적으로 조절할 수 있고, 출퇴근 시간이 따로 없어 늦잠이나 낮잠을 잘 수 있는 것은 맞다. 휴가를 쓴다고 직장 상사의 눈치를 볼 필요 또한 없다.

그렇지만 대부분의 프로젝트는 작가가 주도해서 기획하는 것이 아니라 클라이언트가 정해놓은 일정에 맞춰 진행하기 때문에 직장인들이 회사의 계획에 따라 움직이는 것과 크게 다르지 않다. 여기서 최종 마감일에 맞춰 그림만 전해주면 되는 게 아닌지 의아하게 생각할 수도 있다. 그런데 일의 과정을 이미 이야기했듯 하나의 프로젝트를 할 때 최종 마감만 있는 것이 아니다. 스케치, 채색 샘플, 중간 과정 등 진행 상황을 메일로 보내고 컨펌을 받는 순서가 있다. 최종 마감일은 하루일지라도 중간 과정을 보고하는 체계 때문에 며칠에 한 번씩 계속 마감이 있는 것처럼 느껴진다. 또한 보통은 여러 프로젝트를 동시에 진행하므로 작업이 겹치게 된다. A 프로젝트에 쓸 그림을 보내놓고 피드백을 기다리는 동안 B 프로젝트의 원고를 읽고, C 프로젝트의 의뢰인과 미팅을 하며 D 프로젝트의 그림 수정을 마무리한다. 그사이에 A 프로젝트의 그림에 대한 피드백이 돌아오면 그 그림을 진행하는 과정이 반복된다.

　피드백에 관한 메일을 열어보거나 전화를 받을 때는 성적표를 열어보는 것처럼 심장이 두근거린다. 어떤 내용이 있을지 몰라 메일 확인을 일부러 미룬 적도 있는데, 이대로 채색해 달라는 아름다운 말로 나를 기쁘게 할지 아니면 워드 문서를 따로 작성해 첨부할 만큼 긴 수정 사항으로 우울하게 만들지 무섭기 때문이다. 가장 두려운 말은 아무 수정 내용도 없이 만나서 이야기하자며 원하는 약속 일시를 물어볼 때다. 이는 보통 아예 다시 그려야 하는 큰 사태가 다가올 것을 암시한다. 피드백에 따라 일의 양은 예상치 못한 수준으로 늘어날 수도 있어서 피드백은 마감을 지키느냐 마느냐를 좌지우지하는 요소 중 하나다. 수정 사항이 많으니 마감 날짜를 미뤄주겠다고 친절을 베풀어준다 한들, 연이어 잡아둔 다른 프로젝트의 일정이 모두 밀리게 되거나 동시에 진행을 해야 하기 때문에 머리가 복잡해진다.

　그림을 보내고 피드백을 받기까지 예상보다 2~3주나 늦어진 경우도 있고, 클라이언트의 사정으로 잠시 작업을 멈추었다가 몇 주 혹은 몇 개월 후에 다시 연락이 와서 일정이 잡혔으니 날짜에 맞춰 진행하자고 일방적으로 통보해온 적도 있다. 꼬인 일정 탓에 일목요연했던 스케줄 표는 수정 테이프가 덕지덕지 덧씌워져 지저분해지고, 다음 작업을 제때 시작하지 못하게 되면서 여기저기 약속을 어긴 사람이 되고

그러게 왜 일을
무리하게 받았어.
네 잘못이야.

나 너무
힘들어.

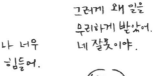

아냐. 난 일정을 잘 짰다고.
그런데 방향이 잘못됐다고
전부 다시 스케치 하래.
그그장을 다시 하느라
총 44장을 그리게 됐고,
목차랑 장제목,
소컷 그림도 더
그려달라는데...
엉엉엉엉엉엉엉
돈도 더 안 주면서.
그리고또...

만다. 이처럼 내 의지와 상관없이 마감 지연이 일어나기도 한다.

　몸이 따라 주지 않는다는 작가 개인의 문제로 마감일을 지키지 못할 때도 있다. 작업 단계 중 일정 부분은 어시스턴트와 일을 나누는 작가도 있으나, 안타깝게도 나는 혼자 모든 일을 맡고 있어서 몸이 아프면 대신해줄 누군가가 없다. 한번은 몸이 심하게 아팠던 적이 있는데, 그 상태로 일을 계속하다가는 나중에 돌이킬 수 없이 안 좋아질 것 같다는 생각이 들었다. 그래서 마감 일정이 어찌 됐든 몸부터 생각하자는 마음으로 일주일 정도 손을 놓고 쉰 적이 있다. 일주일이 지난 후 괜찮아졌다고 생각했는데 책상 앞에 앉자마자 매스꺼움과 어지러움이 밀려왔다. 이미 밀려버린 마감 하나로 인해 뒤이은 다른 일들도 연달아 마감일이 미뤄질 게 눈에 보여 정신을 붙들고 자리에서 버텨야 했다. 프로젝트를 계약한 후 진행하다가 그림을 그리지 못할 확실한 사유 없이 장시간 작업을 멈추기는 어렵다. 차라리 손을 다쳤다면 어땠을까 상상도 해봤다. 깁스한 오른손 사진을 찍어 보내면 마감을 지키지 못했다고 뭐라 하는 사람은 없을 거 아닌가. 뒤에서는 내가 오래 살도록 실컷 욕을 던지겠지만 말이다.

열정이 넘치는 신인 작가는 이런저런 시안을 부지런히 그려보면서 마감보다 훨씬 빨리 그림을 끝내놓는 경우도 더러 있다. 경력이 쌓인 작가라면 여러 일의 마감 일정이 겹치더라도 그간 쌓아온 노하우를 발휘해 어떻게든 마무리 짓는다. 만일 피드백으로 인해 일정이 꼬이지도 몸이 아프지도 않은데 마감을 못 지키는 또 다른 사정이 있다면, 그건 대개 그리기 싫어서다. 일차적이고 단순하지만 가장 심각한 문제다. 일하는 것을 좋아하는 사람이 몇이나 있겠느냐마는 아무리 노력해도 아이디어가 떠오르지 않고 유독 실마리가 풀리지 않는 그림이 있다. 그런 그림은 작업을 잠시 멈춰 거리를 두고 생각해보거나 색감이나 재료를 바꿔가며 여러 시도를 하는데, 그래도 의욕이 생기지 않아 미루고 미루다 마감을 코앞에 두고서야 정신을 차린다. 이런 부류의 그림은 평소에 그림을 완성하는 데 걸리는 시간을 넘겨 진행이 더뎌지면서 결국 마감 시간까지 못 지키게 된다.

몇 개월 전에 계약을 해놓고 나중에 일을 시작하는 경우도 조금 위험하다. 계약 당시에는 그 일에 열정을 쏟아 잘할 수 있을 것 같았으나, 몇 개월이 지나면 다른 일들로 지쳐 그때의 마음이 사라지기도 한다. 출판사는 작가의 일정에 맞춰 오랜 시간을 기다린 상태고 그에 맞게 출간 계획도 세워놨는데, 시간이 한참 지난 후 갑자기 못할 것 같으니 다른 그림작가를 구하라고 말하기는 쉽지 않다. '이제 와 그만둔다고 말하면 어떤 일이 벌어질까, 이 바닥이 얼마나 좁고 소문이 빠른데 책임감 없는 작가의 아이콘이 되어 영영 일이 끊기면 어떡하지, 잠적하는 작가들도 심심치 않게 있다던데 난 잠적할 용기도 없잖아, 내 그림이 전 세계에 하나밖에 없는 독보적인 스타일도 아닌데 노력하는 자세라도 보여야 하지 않을까' 하는 자기 비하와 함께 온갖 압박과 회유로 스스로를 다그치는데도 그림 진행은 늦어만 진다.

그때그때 서둘러 일을 처리하는 성격, 생각이 떠오를 때까지 진득하게 기다리는 성향, 구상과 스케치에 오랜 시간을 쓰는 부류, 채색과 후반 작업에 더 공들이는 스타일, 장소를 옮길 때마다 생각이 잘 떠오르는 사람, 자기 방에서 차분히 고민할 때 집중이 더 잘되는 작가처럼 그림의 스타일이나 기법, 작업 방식뿐 아니라 성격에 따라서도 작업에 들이는 시간은 각기 달라서 마감을 잘 지키는 절대적 방법이 있다고 말해주긴 어렵다. 자신에게 맞는 방법을 스스로 찾을 수밖에 없다. 수정, 추가 요청 사항으로 인해 일의 양이 갑자기 늘어날지 모르니 일정을 조금 여유롭게 잡거나, 어떻게 변할지 모르는 일정에 맞춰 언제든 밤샘 작업이 가능하도록 평소에 기초 체력을 다져 놓는 정도가 마감의 부담을 덜어낼 수 있는 방법일 것이다.

디민, '성격이니 작업 방식이 천차만별인 작가든에게도

잠수는 어떻게 타는 건가요?

전 할 줄 모르겠어요.
자신이 없어요.

공통점이 한 가지 있는데, 관심이 가고 열정이 넘치는 일을 뒤로 미루지는 않는다는 점이다. 앞서 그리기 싫다고 말했던 일들은 작업을 진행하는 중간에 의욕이 사라지기도 했지만, 일의 시작 단계부터 원하는 조건이 충족되지 못했거나 꺼림칙한 경우도 많았다. 프로젝트 내용이 나의 가치관과 맞지 않았다든지 비용이 불합리하게 적거나 짧은 일정에 무리하게 많은 컷의 그림을 요구한 경우도 있다. 때로는 제안을 거절하면 다른 일이 들어오지 않을 수도 있다는 불안함과 지인에게 소개받은 탓에 어쩔 수 없이 의뢰를 받아들인 적도 있다. 작업에 애정이 많으면 하지 말라고 해도 절로 하고 싶어진다. 마감 일정과 상관없이 미리 원고를 읽고 관련 자료를 찾아보며, 해결해야 할 문제가 어려워도 그마저 재밌게 느껴진다. 처음부터 즐거움을 느낄 수 있는 일을 받거나 그렇지 않은 일이라면 그 일에서 얻을 수 있는 즐거움 혹은 내게 돌아올 이득을 억지로라도 만들어내야 한다.

표정을 조금 더 손보면, 색을 다르게 바꿔보면, 소품을 추가해보면 어떨까 고민하며 더 나은 그림이 될 때까지 다듬느라 그림을 넘기기 직전까지 작업하게 된다. 그림이나 글의 결과물에는 정답이 없기 때문에 만족스러울 때까지 손볼 수 있다면 좋겠지만, 되도록 시간 끌지 말고 마감을 지켜줘야 하는 이유는 클라이언트가 마케팅이나 여러 상황을 종합해

정해놓은 출시, 출간 시점이 있어서다. 특히 출판사는 연말, 연초, 개학 기간, 여름휴가 시즌과 그 외 여러 사회적 이슈에 민감한데 내가 마감을 지키지 못하면 적절한 홍보 타이밍을 놓칠 수도 있다. 또한 예상보다 늦게 도착한 피드백 때문에 내가 정해놓은 일정이 뒤죽박죽되고 여러 그림을 동시에 진행하게 되는 난감한 상황이 오듯, 내가 마감일을 어겨 늦게 작업물을 넘김으로써 편집자나 디자이너도 마찬가지로 계획이 틀어지는 상황을 맞게 된다. 죄송하다는 소리를 되풀이하는 입장이 되어서 좋을 것은 없다. 제때 그림을 넘겨야 작가도 자신의 권리를 주장할 수 있다. 덧붙여 작가가 주말과 휴가, 특히 연말 연초 지인들과의 소중한 약속까지 반납하고 지킨 마감이라면 출판사 역시 약속한 시기에 책을 출간해줬으면 좋겠다.

일상적인 일과 일적인 일상

이따금 "집에 혼자 있으면 외롭거나 심심하지 않느냐, 남는 시간에 뭘 하고 지내느냐, 반려동물을 키워보는 건 어떠냐" 같은 말들을 듣곤 한다. 간혹 외롭다고 느낄 때는 있지만, 심심하다는 생각이 든 적은 거의 없다. 밀린 영상도 보고 친구들과의 단톡방에도 참여하고 새로 나온 음악도 듣고 추천받은 책도 읽고 함께 사는 식물도 돌보고 흘러가는 구름을 구경하다가, 시간 맞춰 챙기지 않으면 놓치는 석양까지 감상하기에 내게 주어진 하루는 항상 부족하다. 집에서 할 일이 얼마나 많은데 심심할 수 있는지 모르겠다.

나는 집순이라 며칠 정도 집 밖에 안 나가는 것쯤이야 특별한 일도 아니다. 하지만 그렇게 집에서 잘 놀지라도 길었던 작업을 마감하면 무조건 집을 벗어나려고 한다. 마감 직전 일주일 정도는 감금된 상태로 아무도 만나지 않고 그림만 그리며 지낸다. 그러다 최종 파일을 첨부한 메일의 전송 버튼을 누르는 순간, 마치 방 탈출 게임에서 마지막 문제를 푼 것 같은 기분에 휩싸인다. 벽처럼 보이던

비밀의 문이 열리며 쏟아져 들어오는 빛을 쫓아 그 장소를 벗어나듯이, 현관문 틈으로 비집고 들어오는 빛을 따라 집 밖으로 달려 나간다. 마감 일정을 맞추느라 한동안 눈을 뜬 시간에는 계속 일만 해왔기 때문에 집이라는 공간이 갑갑한 일터로 느껴져 거기서 탈출하고 싶은 기분이 드는 것이다. 퇴근 후 회사 문을 나서는 것만으로도 숨통이 트이는 기분과 비슷하지 않을까 짐작해본다. 특별하고 대단한 장소에 갈 필요도 없다. 문을 열고 일터 밖으로 나왔다는 게 기뻐서 집 앞 공원 벤치에 앉아만 있어도 마감의 해방감을 느낄 수 있다.

영화관 가는 것을 좋아한다고 책에 쓴 적이 있다. 개봉을 기다리던 영화를 보기 위한 이유도 있지만, 언제부턴가 집이라는 장소에서 벗어나 일과 완전히 분리될 수 있는 공간에 찾아갈 목적으로 영화관을 이용하는 나를 보게 됐다. 현실 세상과 차단된 느낌을 즐기러 가는 것이기 때문에 주로 동행 없이 혼자 간다. 그 안에서는 전화를 받지 않아도, 메일을 확인하지 않아도 된다. 그렇다고 시간 때우기 용으로 취향에 맞지도 않는 영화를 본다면 현실 차단이란 애초의 목적은 절반만 성공한 셈이 되고 만다. 그림 작업이 머릿속에 떠오르지 않을 만큼 나의 감정을 온전히 빠져들게 만드는 내 취향의 영화여야만 한다.

그림작가가 되고 나서 길을 걷다가도, 신나게 놀고 있을 때도, 친구와 수다를 떨 때도, 심지어 꿈속에서조차 영감을 얻겠다고 작업의 끈을 손에서 놓지 않고 있는 나를 발견했다. 발상은 때와 장소를 구분해서 찾아오지 않는데, 나는 샤워를 하다가 그림일기의 소재나 막막했던 문단을 해결할 만한 문장이 떠오를 때가 많았다. 온몸에 거품을 묻힌 상태로 샴푸 거품을 뚝뚝 흘리며 책상 위 노트에 생각을 기록할 수는 없기에, 우선 물로 거품을 급하게 씻어내는 동안 떠오른 생각을 잊어버리지 않으려 반복해서 소리 내 말한다. 실제로 거품을 씻어내는 동안 아주 잠시 다른 생각으로 흘러갔다가 무엇을 그리려고 했는지 잊어버리는 경우도 있었기 때문에 샤워 도중에 소재나 문장이 떠오르면 초조하고 불안해진다.

친구와의 만남을 앞두고 화장을 하다가도 종종 글의 소재가 떠오르는데, 약속 시각에 늦어 시간이 없을 때는 한쪽 눈썹을 그리면서 메모지에 글씨를 휘갈기는 동시에 립스틱을 바르는 기술을 선보이고 밖으로 뛰쳐나간다. 집에 돌아와서 메모를 확인하면 뭐라고 적은 것인지 전혀 알아볼 수 없는 꼬부랑 글씨가 종이 위에서 날아다니고 있었다.

창작은 어디서부터 시작해서 어디까지가 끝인지 경계를 구분 짓기 어렵다. 책상 앞에 앉아 있지 않다고 해서 일도 안 하고 있다고 말할 수는 없다. 작품 구상을 위해 산책을 하거나 새로운 사람을 만나 대화하는 시간은 말할 것도 없으며

비움으로 인해서 다시 채울 수 있으니 남이 볼 땐 멍하니
정신을 놓고 있는 것처럼 보이는 순간 또한 창작의 준비
과정에 넣을 수 있다.

　무의식은 언제 어디서든 영감을 받아들일 준비 자세를
취하고 있다. 글과 그림을 만들어내는 일을 전업으로 삼고
나서 슬픔에 괴로워하는 순간에도 이 감정을 나중에 작업으로
풀어내면 좋을 것 같다는 생각이 들 때가 있다. 쏟아져
내리는 눈물이 앞을 가려 눈조차 제대로 뜰 수 없는 상태에서
메모장을 열어 날것의 감정과 생생한 현장을 기록하고 있는
내 모습에 어이가 없을 때도 있었다. 고통조차 이용하려는
나 자신이 싫어지기도 한다. 무엇을 겪든 어떤 감정이 들든
작업으로 연결 지으려고 하니 말이다.

　일상과 작업의 정신적 분리는 불가능하더라도 신체적
분리는 어느 정도 가능하다. 작업실의 여러 장점 중 하나는
작가의 시간과 개인의 시간을 분리해준다는 점이다. 작업실이
있을 때는 아침에 일어나 몸을 씻고 출근하는 마음으로 나가
그날 해야 할 일을 찬찬히 정리한 후 오전부터 바로 작업에
들어갔다. 오후 휴식 시간에 주변 작업실 친구들과 티타임을
갖기도 했다가 다시 일에 매진하고, 하루에 정해놓은
작업량이 채워지면 작업실을 정리하고 나와 친구들과 술
한잔하며 퇴근의 느낌을 맛보곤 했다. 의뢰받은 일이 없어도
작업실이 있을 때는 나가서 무엇이라도 그려야겠다는 생각이

안 돼.
잊어버리면 안 돼.
조금만 기다려.

중얼

중얼

중얼

중얼   중얼

중얼

정신 못 차리게 슬픈 거 맞아.
나 진짜 슬픈 거 맞는데.
그래도 적을 건 적어야지.

들었고, 일이 많을 때는 버스 막차가 끊기기 전에 집으로
돌아가야 택시비를 아낄 수 있기에 게으름을 피우지 못했다.
그리고 작업실에서 집으로 돌아오면 오늘 하루 열심히
일했으니 되도록 작업에 대해 더 생각하지 않으려 했다.

　집에서 일하기 시작한 이후로는 마감이 급하면 급한 대로,
여유가 있으면 있는 대로 자기 절제와 시간 관리 능력이
중요해졌다. 마감 일정이 빠듯하고 그려야 할 컷이 많은
상황에서는 출퇴근하는 과정이 없으니 눈을 뜬 순간부터
눈을 감는 순간까지 그림을 찍어내는 기계처럼 일만 하게
된다. 운동이라고는 침대와 책상, 식탁 사이를 오가며 걷는 게
고작이고 하루 대부분을 의자에 앉아 며칠을 그렇게 보내고
나면 허리 통증은 이루 말할 수 없다. 그제야 몸 상태를
깨닫고 동네를 한 바퀴 돌고 들어온다.

　반면 마감에 여유가 있을 때도 역시 책상과 침대 혹은
소파의 거리가 가깝다는 게 문제였다. 자신을 제약하는
조건이 아무것도 없는 상황에서 몸은 한없이 늘어지기
쉽다. 오전에 일어나서 참고 자료를 찾는다며 검색한 단어의
연관 검색어를 따라 이리저리 흘러 다닌 것 외에는 딱히 한
일이 없다. 그런데도 잠시 머리를 식히는 게 좋겠다며 자기
합리화를 한 나는 한 손에 휴대폰을 꼭 쥔 채 좀비처럼 소파로
걸어가 스르륵 드러눕는다. 연관 검색어보다 더 무서운
유튜브의 추천 영상을 따라가다 보면 눈앞이 점점 흐릿해지는

걸 느끼는데, 그때 시계를 보고 사라진 시간에 소스라치게
놀라며 소파에서 벌떡 일어나게 된다. 작업실에도 소파는
있었지만, 여기까지 나와서 누워 있을 수만은 없다는 생각에
상대적으로 집에서보다는 덜 누워 있었던 것만큼은 확실하다.

　한 공간을 여럿이 나눠 쓰는 공동 작업실을 사용한다면
주변 사람들이 작업하는 모습을 보고 자극을 받게 된다는
장점이 있다. 그러니 만일 당신이 공동 작업실을 사용한다면
모니터에 게임 화면을 띄워 놓았더라도 굳이 그것을 공개할
필요는 없다. 이는 본인의 사생활을 지키는 일이자 상대의
작업 열정을 고취하는 데 도움이 된다.

　집에서 일할 때의 장점은 작업실 대여로 인한 비용이
발생하지 않고, 출퇴근할 필요가 없어 추위나 더위, 비바람 등
날씨에 일상이 영향을 받지 않는다는 점 정도가 있다. 대신
지금은 작업실이 따로 없어 종종 카페에 가서 일한다. 물감과
종이를 책상에 잔뜩 펼쳐놓고 채색을 해야 하는 상황이나 큰
모니터와 태블릿으로 그려야 하는 경우에는 집에서 일하지만,
원고를 읽고 아이디어 스케치를 할 때는 카페를 이용한다.
작업 일정에 여유가 있을 때는 일을 미루다가 해가 지고
나서야 제대로 집중하기 시작해 밤늦게까지 일하는 불상사를
막기 위함이고, 일이 많을 때는 카페에 있는 동안 몰입해서
일을 정해진 시간 안에 끝마치고 조금이라도 휴식 시간을

우리 이모
일하러
카페 간대.

너희 이모
커피 팔아?

갖기 위해서였다. 즉 카페에서 일하는 이유는 일을 잘하기 위해서도 있지만, 잘 쉬기 위해서라는 표현도 어울릴 것 같다.

하루 계획과 함께 주간, 월간, 연간 계획까지 세운다면 더할 나위 없이 좋겠지만, 어떤 프로젝트가 언제 들어올지 모르니 6개월 이상의 계획을 미리 세우기는 사실상 힘들다. 또, 일은 있다가도 없고 없다가도 있는데, 만약 일이 없는 기간이 예상외로 길어지면 내 그림은 이제 모두가 원하지 않게 된 건가 싶어 불안감이 눈덩이처럼 커진다. 빠르게 줄어가는 통장 잔액을 바라보며 회비를 내야 하는 모임은 다른 핑계를 대서 피하게 되고, 여러 아르바이트의 시급을 알아보기도 한다. 앞으로 어떻게 살아야 할지 고민하는 도중 다시 일이 한번에 몰려오면 일이 없던 때의 수입을 메우려고 무리하게 돼서 기간별로 적절히 일을 배분하기 어렵다. 때로는 내가 거절한 일을 다른 작가가 맡았다가 그 프로젝트가 크게 성공이라도 하게 되는 것은 아닐까 조바심이 들어 과도하게 일을 겹쳐 받는 상황도 있다. 거기다 빚이 있거나 자신이 책임져야 하는 가정이 있다면 작업과 작업 사이의 공백은 더더욱 생각하기 어렵다.

많은 작가가 새벽까지 작업을 멈추지 않고, 주말도 반납하며 마감에 시달린다. 여름휴가는 건너뛴 지 오래고, 명절에도 고향에 못 가는 사람을 주변에서 숱하게 봐왔다. 자신이 스케줄을 정하는 순수미술작가와 달리 상업미술작가는 클라이언트에 의해서 일정이 좌우된다. 그리고 천천히 깊게 고민해서 자신이 원하는 방향으로 그림을 그리며 밤샘을 하는 것과 상대가 원하는 방향으로 미션 수행하듯 정해진 마감 시간 안에 그림을 그리며 밤샘을 하는 것의 정신적 에너지 소모 차이는 비교할 수 없이 크다.

일이 많지 않은 신인 작가 시절에는 속도와 방향이 자리 잡힐 때까지 달리는 게 맞지만, 어느 정도 궤도에 올랐다고 생각하면 자신에게 맞는 작업 규칙과 시간, 하루 할당량, 분기별 할당량을 정해두는 게 좋다. 시간의 여백은 이 일을 오래도록 지속하기 위해서 작가에게 필요한 조건이다. 그림 인생 짧더라도 누구보다 화려하게 불꽃처럼 하늘을 수놓은 후 사그라지는 게 목표라면 내 이야기는 신경 쓰지 않아도 된다.

딴짓의 시간은 소중합니다

그림을 생각조차 하기 싫던 시기가 있다. 여느 때와 다름없이
꾸준히 그림 작업물이 나왔고 큰 그룹전에도 참여해서
겉으로는 티가 나지 않았지만, 그해는 일 년 내내 몸이 아주
아팠다. 실신을 시작으로, 호흡에 문제가 생겼고 근육통으로
끙끙댔으며 생리도 몇 개월이나 하지 않았다. 맹장 수술을
받고 나서는 물만 마셔도 토해내는 증상이 반복되어 수술이
잘못됐을까 봐 내시경 검사를 받았는데, 결과는 다행히도
단순 스트레스로 인한 구토였다. 몸과 마음이 버티지 못하고
무너져 내리기 시작할 즈음이었다. 몸이 이렇게 아픈데
그림이 대체 무슨 소용인지, 생존에 직접적인 영향을 끼치는
음식도 아니고 실생활에 없어선 안 되는 생필품도 아닌
주제에 내 몸과 정신에 달라붙어 언제부턴가 나를 조금씩
갉아먹고 있다는 느낌이 들었다. 이딴 것은 이제 내 인생에
필요 없고, 다시는 그림 그리는 일을 하고 싶지 않다고
생각했었다.

　이 일을 그만두면 앞으로 무엇을 하며 먹고살지

생각해보았다. 생존 외에 다른 건 눈에 들어오지 않을 때라 제일 먼저 요가 강사가 떠올랐다. 자기 건강에 도움이 되는 일을 하면서 돈도 벌 수 있어 좋아 보였다. 하지만 곧 누구보다 뻣뻣한 각목 같은 몸뚱어리를 가지고 있는 내가 어떻게 다른 이들 앞에서 시범을 보이고 그들을 가르칠 것인지 도저히 가늠되지 않았다. 다음으로 내가 좋아하는 것을 생각하다가 식물에 관련된 직업을 떠올리게 됐다. 화분 몇 개를 돌보다 보면 어렵게 공부하지 않아도 그들이 무엇을 좋아하고 싫어하는지 저절로 알게 된다. 하지만 막상 일이 되면 수많은 식물의 이름과 특성을 일일이 외우고 공부해야 하니 생각만으로 머리가 지끈거렸다. 거기다 잎 뒷면에 달라붙은 진딧물만 봐도 온몸이 근질거리는데 정원을 터전으로 삼은 벌레를 떠올리자 이건 아니다 싶었다.

계속 고민해 봐도 할 수 있는 것이 없었다. 직접 경험해 보지도 않고 벌어질 일들을 대략 짐작해 본 후, 이처럼 단순한 이유로 다른 직업을 찾고자 하는 맘을 그대로 접었다. 딱히 할 수 있는 일이 없다는 무력감과 그림 일이라도 할 수 있는 게 어디냐는 안도감이 동시에 밀려왔다. 몸과 정신을 떼어놓고 생각할 수 없었다. 정신의 나약함은 몸을 시들게 했고, 몸의 흔들림은 정신을 흐릿하게 만들었다. 내가 그 당시에 힘들었던 이유는 오로지 그림작가 일 때문만은 아니었으며, 그 사실은 누구보다 나 자신이 잘 알고 있었으면서도

누구에게든 무엇에든 아픔의 책임을 떠넘기고 싶었던 것
같다.

　수작업을 하다 보면 종이에 점점 가까이 고개를 들이밀게
되고, 그렇게 목을 쭉 내민 상태로 세밀한 채색을 위해 붓을
꼭 쥐느라 오른팔에는 힘이 잔뜩 들어간다. 그로 인해 오른쪽
어깨는 안으로 말려들어 가고 힘의 균형을 잡으려는 몸의
작용으로 왼쪽 어깨는 불룩 솟아오른다. 이번에는 비뚤어진
양어깨의 중심을 맞추느라 허리는 한쪽으로 휘어지고
이리저리 뒤틀린 척추를 받치고 있는 골반에 그대로 무리가
간다. 그 상태로 몇 시간이 지나면 빳빳하게 굳어버린 몸은
당장이라도 부러질 것처럼 뻐근하다. 20대에는 그게 얼마나
건강에 안 좋은지도 모르고 체력으로 버텨냈지만, 얼마 가지
않아 의자에 앉을 수 없을 정도의 허리 통증을 얻었다. 결국
몸의 무게를 고르게 분산시켜준다는 메시 소재의 의자를
검색해서 수입이 넉넉하지 않던 삼 년 차에 적지 않은 비용을
들여 사게 되었다.
　해가 지나면서 몸은 자가 의지가 생긴 듯 나를 스스로
의자에서 일으켰다. 그림을 그리다 말고 소파에 드러누워
척추 사이사이를 늘리며 그림을 향해 소리친다. 너 때문에 내
몸이 이토록 빠르게 늙어가고 있다고, 내 몸 돌려내라고. 허나
그림이 무슨 잘못 있겠는가. 귀찮다는 이유로 스트레칭과

운동을 소홀히 했던 어린 시절의 내 잘못일 뿐인데 말이다.

　원하는 작업을 오래도록 즐겁게 하기 위해서는 그에 맞는 몸을 만들어줘야 한다. 그림이 싫어질 정도로 몸이 아프고 나서는 한동안 꾸준히 요가와 필라테스를 했다. 오전 요가는 하루를 충만함 속에서 시작하게 해주고, 저녁 요가는 그날의 끝을 차분하게 정리해 깊은 잠에 들게 해준다. 요가의 명상 시간은 복잡한 마음 상태를 가라앉히는 데 많은 도움이 됐다. 조용히 내면의 움직임을 들여다보는 날도 있고 아무 생각 없이 머리를 비우는 날도 있었다. 요가 선생님의 부드러운 음성을 따라가다 보면 바닷가 모래사장이나 숲속 큰 나무 아래에 누워 있는 것처럼 평화롭게 휴식을 취할 수 있었다. 요가의 마무리에 하는 사바 아사나(송장 자세)는 안정감과 평온함을 가져다줘서 그 자세를 하기 위해 앞선 요가 동작을 수행하는 기분마저 들었다.

　몸을 바깥쪽으로 활짝 펼쳐주는 스트레칭과 함께 코어 근육을 단련시키는 필라테스는 대부분의 시간을 거북목 상태로 작업해서 생긴 어깨와 허리 통증을 줄여줬다. 고개를 조금도 움직이지 못하는 건 물론이고 두통을 유발할 정도의 심한 담이 자주 왔었는데, 필라테스를 하던 기간에는 담이 와도 운동을 안 할 때보다 통증의 강도가 훨씬 약했다.

　요즘은 요가와는 성격이 전혀 다른 운동인 춤을 배우고

내 몸의 무게가 느껴지지 않아.
마치 우주에 떠 있는 기분이야!

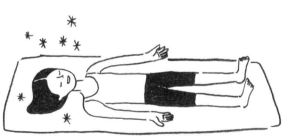

있다. 종일 혼자 의자에 앉아 오랜 시간 내 안의 깊은 곳을 들여다보고 글과 그림을 만들어내다 보면 지극히 정적인 생활이 이어진다. 그런데 일상의 움직임과 정반대로 강한 비트와 빠른 리듬에 맞춰 팔다리를 사방으로 뻗으며 땀을 뻘뻘 흘리고 나면 뭉치고 엉켜 무겁게 가라앉았던 기분이 어느새 가벼워졌다. 산만한 에너지를 한곳으로 모아 단단하게 다져주는 요가가 나에게 가장 잘 맞는 운동이라고 생각했었는데, 터질 듯 말 듯 꿈틀거리는 뜨거운 에너지를 바깥을 향해 폭발적으로 분출시키는 춤도 도움이 된다고 생각하는 걸 보니 어떤 운동에서든 자신이 원하는 점을 취하면 될 것 같다. 요컨대 요가든 자전거든 달리기든 본인에게 맞는 운동을 찾아 건강을 유지하는 것은 몸과 정신을 맑게 만들어주므로 창의적인 작업에 도움이 된다.

예술을 한다고 하면 항상 술에 취해 있고 방탕하며 나태한 생활을 할 것 같다는 선입견이 있다. 하지만 흔히 말하는 약 빤 것 같은 그림을 만들어내는 작가들을 보면 약은 둘째 치고 술도 잘 못 마시는 사람이 많다. 또 규칙적으로 생활하는 사람, 수영이나 달리기 등 꾸준히 운동하는 사람, 놀 시간은 있는 건지 의문이 들 만큼 다작을 하는 성실한 사람도 많다. 미술사에 한 획을 그은 위대한 작품을 남긴 화가들의 고통스러운 삶, 기행에 가까운 일화, 정신병력 때문에 예술가란 자고로 어딘가 정상적이지 않거나 늘 느슨하게 내 몸의 무게가 느껴지지 않아.
자유를 드디어 찾은 것 같아!

회원님,
자유를 찾는 건
좋은데
팔다리 방향은
맞춰 줄래요?

풀어져 있을 것 같은 인상이 있다. 그러나 자신의 감정적 결핍이나 정서적 불안감이 표현의 동기가 됐던 이들이라 해도, 현대의 잘나가는 그림작가 중에서 몸을 망치며 함부로 사는 사람은 거의 보지 못했다.

몸의 건강보다 더 지키기 어려운 게 정신의 건강이다. 창작은 시작과 끝의 경계가 없다고 말했듯이 휴식을 위해 친구와 만나는 도중에도 글과 그림의 소재가 될 만한 것들은 수다에 녹아 있다가 어느새 대화에서 빠져나와 내 머릿속을 휘저으며 이야기의 가지를 펼쳐나간다. 여행을 가도 작업해야 할 것들과 써야 할 문장들이 떠오르고 소재를 계속 찾게 돼, 여행을 통해서는 휴식을 취할 수 없다는 어떤 작가의 이야기를 들은 적이 있다. 그 작가가 휴식을 취하는 방법은 게임을 하는 것이라고 말했다. 게임을 하는 동안은 일에 대한 생각을 완전히 잊어 잠깐 휴식에 푹 빠질 수 있다고 했다.
나도 게임처럼 다른 시공간으로 내 정신을 옮겨 그림과 글로부터 차단을 가능하게 하는 취미가 하나 있다. 아이돌 덕질이다. 내가 좋아하는 가수의 열정적인 무대를 영상으로 찾아보고 그와 관련된 여러 콘텐츠를 감상하는 동안에는 신기하게도 작업에 관련된 모든 생각이 사라진다. 영상 안에는 화려한 그래픽과 다양한 세계관, 최신 트렌드 등 영감이 떠오를 만한 것들로 가득 채워져 있는데도 불구하고 말이다. 언제나 머릿속은 활자와 형상으로 가득 차서 부글부글 끓었는데 머리가 텅 비는 기쁨을 누린다.

대신 음악 감상은 이와 별개다. 평소에는 일부러 가사를 귀 기울여 듣지 않아도 저절로 가사가 들리는 편이라 가사가 마음에 와닿는 노래를 좋아한다. 노래 가사에서 영감을 받아 자주 그림으로 표현하기도 한다. 음악 감상은 듣고 즐기기 위한 목적이 크지만, 채색 작업을 하거나 가사 노동을 하면서는 작업 능률을 높이기 위해, 감정을 고조시키기 위해, 나를 위로하기 위해, 분위기를 전환하기 위해서 등 여러 목적이 있기 때문에 개인적으로는 머리를 비우기 위한 행위에 넣진 않는다.

덕질 가운데 내가 특히 좋아하는 건 공연 관람이다. 이는 내가 누릴 수 있는 경험 중 가장 큰 쾌락이다. DVD로 콘서트 실황을 보는 것은 여기에 해당하지 않는데, 왜냐하면 현실 세계와 분리해주는 목적으로 영화관을 이용하듯 공연장이라는 '공간'에 의의를 두기 때문이다. 공연장에서는 수천 혹은 수만 명의 관객을 단숨에 사로잡는 가수의 에너지와 목이 터져라 함께 노래하고 발을 구르며 환호하는 관객의 에너지가 동시에 뿜어져 나온다. 그 공간은 일상에서는 절대 경험하지 못할 강렬한 기운으로 가득 찬다. 공연을 관람하는 동안은 1분 1초를 온몸으로 느끼고 즐기느라 그림이나 글을 생각할 겨를이 없고, 나아가 나라는 존재

자체도 잊게 된다. 기존의 나를 잊음으로써 마치 다시 태어난 듯한 기분을 받게 되는데, 깨끗하게 리셋되어 무엇이든 채워 넣고 받아들일 수 있는 상태로 만들어진다. 목적 없이 오로지 즐거움만을 위해서 하는 행동만큼 열정을 불러일으키는 것은 없고 그 열정은 삶에 생기를 채워 넣는다. 생기는 다시 작업 원동력으로 치환되니 목적 없는 행위는 어찌 보면 목적 있는 일에 쓰인다고 볼 수 있다.

　장 그르니에는 『일상적인 삶』에서 무엇을 읽든지 그에 따른 결과가 분명히 있고, 무언가를 읽는다는 행위는 그 자체로 정신에 때가 끼게 하고 감각을 무디게 만든다고 했다. 귀로 끊임없이 들려오는 말과 눈으로 쏟아져 들어오는 형상으로 인해 우리는 굳이 독서나 전시 감상을 하지 않더라도 언어와 이미지에서 벗어나기 어렵다. 문장을 찾아내고 구도를 읽어내며 정신을 혹사한다. 파블로 피카소는 젊어지는 데는 매우 오랜 시간이 걸린다고 했는데, 내면에 대해 고민하고 표현에 관해 탐구하는 만큼 어린아이처럼 본능에 따라 몸을 쓰고 놀 줄도 알아야 한다.

　독서나 전시 감상처럼 글과 그림의 연장선에 있는 취미 말고 활자와 형상에서 최대한 멀리 벗어날 수 있는 자신만의 도피처가 하나쯤 있는 것도 내 경험상 나쁘지 않다. 예술가는 작업 도중엔 누구도 방해할 수 없을 만큼 몰두해야 하지만 반대로 거기서 빠져나올 줄도 알아야 한다. 머릿속을 글과 그림으로 가득 채우면 반드시 고단해지고, 지친 뇌에서 탄력 있는 생각이 나올 리 없다. 생각의 공백이 필요하다. 그리고 이는 열정을 다해 작업한 작가만이 누릴 수 있는 시간이기도 하다.

그동안 내가 느낀 우주는 우주가 아니었고
그동안 내가 찾은 자유는 자유가 아니었어.

나 정말 날고 있어!

그리고 싶은 것만 그리며 살 수 있을까

엄마가 내 인생에 대해 조언을 하면 나는 이제 어린아이가
아니니 내 인생을 부모의 뜻에 맞추려고 하지 말라며 귀를
막곤 한다. 엄마는 사람이 어떻게 하고 싶은 것만 하고 살 수
있느냐며, 듣기 싫은 말도 들어야 하고 하기 싫은 것도 해야
할 때가 있으며 나이를 먹으면서 따라야 할 의무도 있다고
말한다. 맞는 말이다. 그 책임과 의무를 다하려고 하기 싫은
것도 하고, 참기 힘든 상황도 어떻게든 참아가며 일할 때가
많다. 그만큼 일상에서는 이왕이면 내가 좋아하는 것과 듣고
싶은 말, 하고 싶은 일들로만 채우고 싶은 마음이 드는 걸
어쩌겠는가.

그리고 싶지 않은 것을 그려야 할 때가 있다. 이는 원치
않는 수정 사항에 따라야 하거나 콘셉트가 어려워 스케치가
잘 떠오르지 않는 것과는 다른 차원의 문제다. 개인의
기분과 상관없이 언제나 관객을 즐겁게 만들어야 하는 무대
위의 희극 배우처럼 자신의 현재 기분과 다른 감정 상태를

그림으로 표현해야 하는 상황을 말한다.

　『서른 살엔 미처 몰랐던 것들』은 내가 심리 치유에 관한
책을 여러 권 작업하는 데 출발점이 되어준 책이다. 그 책에
실린 그림에는 외롭고 불안한 감정, 어려움에 처한 상황,
해결법을 찾기 위한 고민 등을 담았다. 그림 하나를 살펴보면
잔디밭 위에 돗자리가 펼쳐져 있고 그 위로는 와인과 과일,
간단한 음식이 놓여 있다. 소풍 나온 연인은 두 손을 맞잡고
춤추듯 혹은 날아가듯 바닥에서 몸이 살짝 떠올라 있다. 한
사람은 상대를 지긋이 바라보고, 다른 한 사람은 눈을 감은 채
행복한 표정을 짓고 있다. 따뜻한 색감과 밝은 감정을 담은
그림의 스케치 초안은 지금 설명한 최종 그림과 달랐다. 초기
스케치에는 들판에 2인용 소파가 덩그러니 놓여 있고, 그
앞에 잎사귀 없이 가지만 앙상한 나무 한 그루가 서 있어 다소
적막한 느낌이었다.
　스케치를 받아본 출판사에서 책에 들어갈 다른 그림도
전반적으로 쓸쓸한 느낌이니 행복한 남녀의 그림이 하나
들어갔으면 좋겠다는 요청이 왔다. 그런데 당시 나는 마음을
주려고 했던 이의 앞뒤가 다른 비열한 행동으로 배신감을
느끼고 있었다. 머릿속엔 감정과 관계는 아무 힘도 없는
나약하고 보잘것없는 것이라며 사랑에 대한 부정적인
생각으로 가득했다. 하루하루를 겨우 버티고 있을 때였는데

너희는 지금 행복하니?
그거 다 부질없다.

그 와중에 남녀가 사랑하는 행복한 모습을 그려내라니.

　이 책은 원고가 좋았던 만큼 독자들에게 정말 큰 사랑을 받았고, 그로 인해 내 그림도 널리 알린 고마운 작업이다. 동시에 그림을 책 본문에 담는 느낌이 어떤 것인지 알게 해준 첫 작업이라 애정이 남다르다. 그러나 한편으론 이 책의 행복한 연인 그림을 보면 그 당시의 분노와 고된 작업의 기억도 함께 떠오른다.

　그 이후에 『어른으로 산다는 것』 『마음의 매듭을 푸는 법』 『감정연습』 『너는 나에게 상처를 줄 수 없다』 『당신이 이기지 못할 상처는 없다』 등 상처, 치유, 감정처럼 심리에 관한 책 표지와 내지 그림을 여러 권 작업했다. 한동안 심리를 키워드로 한 그림을 많이 그리면서 내 그림이 나를 비롯해 우울한 사람들을 도울 수 있다는 것에 보람을 느꼈고 즐거웠다. 그런데 어두운 감정을 위로하는 그림을 오랜 기간 그리다 보니, 정작 나는 지쳐서 다 내려놓고 싶은 날에도 타인의 감정을 어루만지는 그림을 그려야 한다는 사실이 어느 순간 버겁게 느껴졌다. 상처받은 이들의 아픈 이야기로 가득한 원고를 계속 읽는 것도 쉬운 일은 아니었다. 과거의 내 상처와 비슷한 사례를 만나기라도 하면 마음속 깊은 곳에 잘 묻어뒀던 아픔이 수면 위로 올라와 고통스러운 기억에 시달리곤 했다. 그 감정을 담아 어둡고 무거운 스케치를 보내면 출판사에서는 어김없이 독자들이 보고 희망을 느낄 수 있도록 조금 밝게 바꿔줄 수 없냐는 요청이 돌아왔다. 그럴 때면 얼마 남지 않은 내 에너지를 다른 이들에게 나눠주는 기분이 들었다. 내 그림을 보고 힘을 얻었으며 많은 위로가 됐다, 공감 가는 그림을 그려줘서 고맙다는 메일을 받을 때마다 나는 남들에게 힘이 되어주는 일을 하는 사람인데 정작 나란 사람은 아주 힘들고 우울하다는 사실을 밝히면 안 될 것 같은 기분마저 들었다. 거기다 나는 절대적으로 선한 사람이 아님에도 세상의 아픔을 덜어주는 착한 그림만 그리는 역할을 맡은 것 같아 틀에 갇힌 듯 답답했다. 그래서 오히려 더럽고 추악하며 거부감이 드는, 금지된 것들을 그려내고 싶다는 욕구가 들끓던 시기였다.

한편으로 비슷한 분야의 책을 여러 권 작업하면서 새로운 그림 소재를 찾는 데 어려움도 겪고 있던 터라, 당시 느끼던 여러 고민을 지인에게 털어놓은 적이 있다. 그분은 나에게 일어나는 일은 본인의 기운이 끌어당기는 것이라며, 그런 고민은 모두 나로부터 기인한다는 도인 같은 말을 해줬다. 그런 게 어디 있느냐고 웃어넘겼지만 사람들은 자신이 관심 있는 것 주위를 맴돌고, 그 주변에 머물다 보면 자연스럽게 그들과 얽히는 것도 맞다.

신인 시절에 〈우울함에 대처하는 법〉 그림 시리즈로 나를 알리게 된 덕분에 『서른 살엔 미처 몰랐던 것들』을 작업할 수

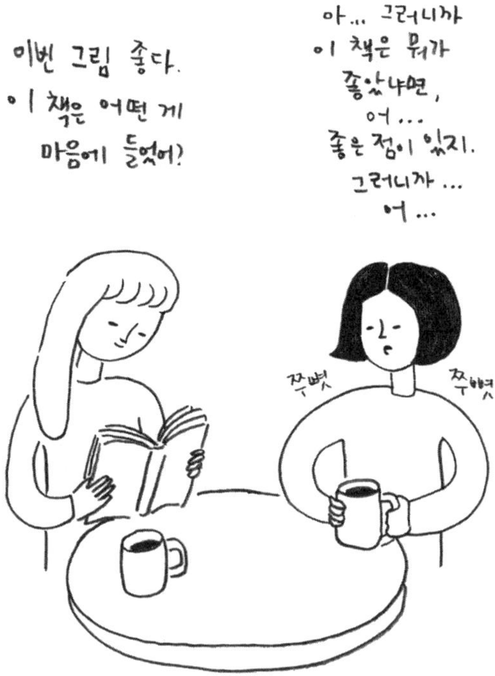
이번 그림 좋다.
이 책은 어떤 게
마음에 들었어?
아... 그러니까
이 책은 뭐가
좋았냐면,
어...
좋은 점이 있지.
그러니까...
어...
쭈뼛
쭈뼛

있었고, 우울함이나 상처에 관심이 많았던 때라 그 이후에
들어오는 모든 책 작업에 진심을 담아 그릴 수 있었으며,
연속해서 다른 일로 이어질 수 있었던 것 같다. 많은 원고를
읽으면서 나의 상처를 보듬는 데 도움이 됐던 것도 사실이다.
돌아보면 그때 내게 그런 글이 필요했던 시기였기 때문에
심리 치유에 관한 책 작업을 많이 할 수 있던 게 아닐까 하는
생각이 가끔 든다.

　이처럼 그림작가의 일은 마음을 담아 하게 되는 만큼
원고에 공감을 못 하면 작업하기 쉽지 않다. 나의 가치관과
동떨어진 내용의 원고를 받으면 다른 이유를 들어 정중하게
거절한다. 한번은 전반적으로 좋은 이야기가 담겨 있었으나
소수자를 차별하는 한두 문장이 거슬리는 원고를 받았다. 그
문장이 책 전체의 흐름에 크게 영향을 주는 건 아니었기에
모른 척 지나갈까 싶기도 했다. 하지만 그동안 책이 나오면
원고를 처음 읽었을 때의 느낌, 그림 작업을 하며 생긴
뒷이야기 등을 SNS에 올려 친구들에게 책을 추천해 왔는데,
평소 내 생각과 다른 주장이 담긴 책을 자신 있게 소개할 수
없을 것 같아 거절했다.
　또 한번은 미니멀리즘에 대한 그림을 그려 달라는 의뢰를
받은 적도 있다. 평소 내 소비 성향은 장식용 물품이나 취미를
위한 수집, 감정에 의한 충동적 소비가 거의 없고 실용성을

중시한다. 쓸데없는 것을 정리, 정돈하길 좋아하고 주변에는 손을 자주 타는 물건만 놓아두는 편이라 한 번씩 개인 물품을 기증하는 바자회에 참여할 기회가 생겨도 막상 내놓을 게 없을 정도다. 나의 성향이 맥시멀리즘과는 거리가 멀다고 생각했던지라 그 일이 들어왔을 때 즐겁게 할 수 있을 줄 알았다. 그러나 원고를 읽고 내가 미니멀리즘에 대해 잘 모르고 있었다는 걸 알게 됐다. 나는 물건은 잘 사들이지 않아도 추억이 담긴 소소한 것들은 함부로 버리지 못하는데, 그 원고에서 말하는 미니멀리즘은 그런 감정의 흔적마저 선별해서 비워내는 것이었다. 추억을 간직한 단서를 버리면 기억의 수명은 짧아지고 선명함도 잃게 된다. 작가들은 기본적으로 지나간 감정과 살아온 지난날을 바탕으로 작업하는데, 추억이 묻은 물건마저 버리는 미니멀리즘을 과감하게 실천할 수 있는 작가가 과연 얼마나 있을까 하는 생각이 들었다. 결정적으로 책을 팔아 먹고사는 사람이 책은 도서관에서 보는 걸로 충분하니 반드시 소장하진 않아도 된다는 메시지를 내 손으로 홍보하기는 어려웠다.

어떨 때는 원고의 내용과 상관없이 함께 일하는 이들과 가치관이 달라서 어려움을 겪기도 한다. 앞서 이 일은 협업이라고 말한 것처럼 함께하는 사람들의 작업 방식, 그림작가의 일에 대한 이해도 등에 따라 진행 과정에서 오는

"책, 고마워!"

"다음에 봐."

돈을 벌기 위한 그림이었다고
말하면 안 되겠지?
나한테 실망하겠지?

행복감이 크게 달라진다. 내 그림을 존중해주고 그림작가가 어떤 기법으로 어떻게 그림을 그리고 있는지를 이해하고 있는 이들과의 작업에서는 문제가 발생해도 세부 사항을 조정하는 데 큰 어려움이 없다. 그러나 프로젝트의 성격이 아무리 좋고 그림으로 잘 풀어내고 싶은 욕심이 있더라도 함께 일하는 이들과 그림에 대한 정의가 전혀 다르고, 그림작가가 어떤 방식으로 그림을 그리는지 기본적인 이해가 없는 데서 오는 의견 충돌이 계속되면 처음부터 일일이 모든 것을 설명하고 맞춰가야 하므로 무척 괴롭다. 돈과 수명을 맞바꾼 듯한 기분이 들어 더는 진행이 불가능하다고 여겨지는 일들이 간혹 있다.

매혹적인 동양 여성을 그리는 콘셉트의 일을 한 적이 있다. 내 기준에서는 관능적이고 아름다운 동양 미인을 그렸다고 생각했는데, 돌아온 수정 사항에는 나와 전혀 다른 가치관의 여성상이 있었다. 클라이언트는 서양인처럼 가슴은 크고 허리는 잘록하며 쌍꺼풀 있는 큰 눈으로 바꿔 달라고 했다. 편향적인 미의 기준과 왜곡된 여성상을 강요받아 불쾌함을 느꼈다. 그뿐만 아니라 그림을 그리며 겪을 법한 모든 문제의 집합소처럼 진행 과정마다 의견 충돌이 발생했고, 끝내 서로 의견을 조율하지 못해 좋은 결과를 이뤄낼 수 없었다.

사람이 하고 싶은 것만 하면서 살 수는 없지만 돌아갈 수 있으면 돌아가고 그만둘 수 있다면 그 자리에서 잠깐 멈추고, 선택할 수 있는 상황에서는 좀 더 나은 것을 취하려고 한다. 그림작가는 그리고 싶은 것만 그리는 사람도, 그리고 싶지 않은 것을 억지로 그리는 사람도 아니다. 가끔은 돌아가고 잠시 멈추기도 하며 그나마 더 나은 방향을 선택하면서 그리고 싶은 것에 가깝게 그리는 사람이다. 만약 당신이 그리고 싶은 것만 그리겠다면 그림작가로 살기 쉽지 않을 거라고 귀띔해주고 싶다.

그 순간 때문에

백지를 마주하고 뚫어지게 바라본다. 손에 쥔 연필을
들었다가 내려놨다가 구석으로 옮겨보기도 하며
머뭇거리기를 한참, 종이 위에 첫 점, 첫음절을 올려놓는다.
오랜 시간 고민할 때는 언제고 시작하면 될 대로 되라는
식으로 우선 떠오르는 모든 것을 내뱉고 끄적이며 화면을
꾸역꾸역 채웠다가, 금세 뭐가 마음에 안 드는지 꾸깃꾸깃
종이를 뭉쳐 던져 버린다. 점이 선이 되고 선이 면이 되고
면이 그림이 되고, 단어가 문장이 되고 문장이 문단이 되고
문단이 책이 된다. 시작은 두렵고 과정에는 여러 고비가
기다리며 끝이 다가와도 만족이 없다. 이거면 됐다고
만족하고 싶지만, 다시 백지를 꺼내 다음 그림을 그리고 다음
글을 쓴다.

　고민에 고민을 거듭해 완성해놓고도 이게 맞는 건지
원하는 방향으로 가고 있는 건지 확신이 들지 않는다.
예술가인 줄 알았는데 예술을 하는 게 아니었고, 예술이
아님을 어렵게 받아들이고 있는데 예술을 해야 한다고

말한다. 상업미술작가라는 이름으로 예술가와 직업인 사이에 놓인 다리의 중간 어디쯤엔가 앉아 있다. 개별적 독창성을 찾아가라던 이 판에서 유행을 주도하는 이들이 뭉쳐 세력을 키워간다. 이 업계도 대중음악계와 비슷한 면이 있는데 그때그때 사람들이 환호하는 그림 스타일이 생기면 흔들리지 않으려고 해도 그림에 따라오는 즉각적인 반응 때문에 사람들이 좋아하는 것과 내가 좋아하는 것 사이에서 고민하게 된다. 강아지나 고양이를 그려볼까, 귀엽고 사랑스러워서 호감을 살 수 있는 소재와 이야기를 담아볼까, 힙한 스타일과 유행하는 색감을 넣어볼까. 남들이 뭐라 한들 나만의 것이 있어야 살아남을 수 있다고 하지만, 사람들 입맛에 맞춰 대중적으로 인기 있는 것을 만들어야 살아남는 건 아닌지 의심하게 된다.

주변 흐름에 몸을 내던져 같이 흘러가 볼 때도 있고 나만의 호흡을 되찾으려 흐름에서 빠져나올 때도 있다. 스스로 계속 질문을 던지며 내 안에서 방향을 알아차렸다가, 혼자만의 시야에 갇혀 자문자답한들 무슨 소용인가 싶어 다른 이들이 어떻게 하는지 면밀히 관찰하기도 한다. 단조로움을 극복하기 위해 한껏 단장해봤다가 기본에 충실하지 못한 치장은 쓸모없는 껍데기라며 모든 걸 벗어던지기도 한다. 이걸 반복하다 보면 언제까지 이 일을 할 수 있을까 걱정된다. 여전히 지치지 않을 적당한 물살을 찾고 있다.

10대 때, 고단했던 하루 중 그림을 그리는 시간만큼은 아픔을 잊을 수 있었고, 붓질을 하는 동안에는 아무 생각도 나지 않았다. 20대에는 소설에서 나와 비슷한 성격의 인물을 만나면 친구와 함께 아지트에 있는 기분이 들었다. 힘든 순간마다 그림과 책이 옆에 있어 줬다.

　　어릴 때는 현실의 고통을 피해 그림이라는 가상공간으로 들어갔는데, 지금은 그림이라는 현실에서 벗어나기 위해 가상공간을 찾아다닌다. 글과 그림이 일이 되어버린 지금, 그 둘은 때때로 나를 지독히 괴롭히는 존재이기도 하고 내 가치를 깎아내리기도 하며 울화와 분노를 유발하기도 한다. 일로 만나기 전에는 단지 즐거운 추억을 공유하는 단짝 친구로 느껴졌다. 그런데 지금은 서로 뜨겁게 사랑했다가 지독히 증오하기도 하고, 조금 떨어져 있기라도 하면 불안함과 함께 애틋함과 애잔함, 그리움이 동시에 밀려오는 오래된 부부처럼 되어버렸다.

　　그림작가는 누구나 시작할 수 있지만, 아무나 지속할 수 있는 일은 아니다. 내 주변에도 낙서처럼 가볍게 끄적거리다 아무렇지 않게 이 일을 해볼까 말하는 사람이 많이 있었다. 쉽게 돈을 벌 수 있을 것 같아서, 그림 조금 그리면 누구나 할 수 있는 일처럼 보여서, 아무 때나 일하고 놀고 싶을 때 노는 것처럼 보여서 해보겠다던 사람들 중에서 지금까지 이 일을 하는 사람은 없다. 쉬워 보인다던 이 일은 잘 버티지 못했다.

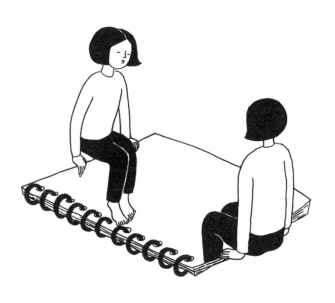

그렇기에 이 일을 시작하려는 이들에게 그림작가의 삶을 어느 정도 보여주고, 무엇보다 사랑했던 그림이 꼴도 보기 싫어지는 순간이 올 때도 있음을 알고 있길 바라는 마음에서 내가 겪어온 어려움에 대한 것들 위주로 적어 내려갔다. 또한, 헛된 기대를 품고 뛰어드는 것보다 현실을 알고 시작했을 때 오히려 일에 대한 만족감이 커질 수도 있다고 생각했다.

그림작가에게는 버틴다는 표현이 어울린다. 나는 아직 그럭저럭 버티고 있다. 영감을 얻기 위해 꾸준히 훈련하고, 낯설게 보기 위해 자신을 매번 돌아보며 수정도 흔쾌히 받아들이겠다는 마음은 물론 빠듯한 마감 일정에도 너그러워졌다. 일과 일상의 경계가 없으니 늘 고단한 정신을 대신해 몸이라도 건강하게 유지하려면 운동은 필수고, 그리기 싫은 것도 되도록 긍정적인 마음으로 그려야 한다. 이렇게 많은 것을 참아내면서 왜 계속 이 일을 하느냐고 묻는다면 내 그림이 누군가와 소통하는 잠깐의 순간 때문이다.

누구나 내 생각과 똑같을 순 없다. 나와 비슷한 생각을 하는 사람들은 조용히 스며들어 지나치기 때문에 잘 보이지 않지만, 다르게 행동하고 귀에서 튕겨 나가는 말들을 하는 이들은 눈에 잘 띄는 법이다. 다른 게 틀린 것은 아니다. 많은 사람이 이 말에 동의하면서도 타인이 자기 생각과 얼마나 가까운지를 중요시한다. 관객과 독자는 작품이 주는 공감도를 평가하고, 평가당한 나의 작업은 때때로 상처받는다.

공감만을 위해서 쓰고 그리는 것은 아니지만 소통을 위한
것은 맞으니, 내 목소리가 퉁겨져 되돌아오는 것을 지켜보는
게 반가울 리 없고 무시하기도 어렵다. 어떤 이에게는 전혀
공감할 수 없다는 평가를 받은 글과 그림도, 또 다른 이에게는
공감과 위안을 받았다며 자기처럼 느끼는 사람이 세상에
있다는 것을 꼭 알아줬으면 좋겠다는 평가를 받기도 한다.
그런 분들 덕에 이곳을 벗어나지 못하고 있는 것 같다. 내가
내놓은 것에 영향을 받은 이들이 나에게 다시 영향을 주고
있기 때문이다.

　마음을 주고받으며 교류한 이들은 깊게, 더 깊게 내
안으로 들어왔다. 나는 속에서 우러나는 것을 쓰고 그릴 때
가장 행복했고, 겉으로는 어두워 보이는 그림을 보고도 그
안에 담긴 나의 행복과 기쁨을 알아차리는 이들이 반드시
나타났다. 내가 즐길 수 있는 것, 즐겨서 만들어낸 것을
사람들이 알아봐 줄수록 나는 그들에게 더 깊은 감정을
나눠주고 싶어진다. 오래오래 서로가 영향을 주고받는 작업을
하고 싶다는 생각이 든다. 서로의 생각이 서로에게 맞닿는
찰나의 빛나는 희열이 나를 계속 나아가게 만든다.

별것 아닌 걸
별것으로 만드는 건
자기 몫이라며
책임을 떠넘기는 그림작가의
별것 아닌 팁

자신감

내가 글을 써도 되는 걸까,
그림을 그려도 되는 걸까
고민할 필요 없다. 현실적인
어려움을 나열하며 겁을 주긴
했지만, 그림작가는 자격증이
필요한 것도 아니고 누구의
허락을 받아야 하는 일도
아니다.

시작

정해진 방법은 없지만 먼저
자기 색이 담긴 포트폴리오를
준비해서 일러스트레이터
모음 사이트에 그림을 올리고
꾸준히 업데이트한다. 처음에는
정식 전시가 힘드니 대관료가
없거나 낮아 부담이 적은
기페 등에 작품을 전시한다.
또 일러스트레이션 페어에
참가하고 독립출판물을 만들어
그림을 여러 곳에 노출한다.
시작은 어렵지만 한번 일을
맡으면 그 후에는 보통
작업물을 눈여겨본 이들 덕에
일이 계속 이어지게 된다.

배움

무조건 교육기관을 나와야 하는

것은 아니지만 교육 기관의 도움을 받는 부분도 분명히 있다. 전문 강사의 평가를 받음으로써 그림을 성장시킬 수 있고, 그림책 같은 경우에는 스토리를 전개하는 방법, 캐릭터를 효과적으로 표현하는 방법 등 이론적인 지식을 배울 수도 있다. 이외에도 나와 비슷한 고민을 하는 이들과 정보 교류를 하거나 출판 관련 종사자들을 소개받을 수도 있으며, 실무에 관한 팁도 얻을 수 있다. 자신이 원하는 게 있고 배움이 필요하다고 느낄 때 언제든 선택하면 된다.

· · · · · · · · · · · · · · · · · · · ·

강좌

교육기관에서는 커리큘럼을 따르면 되지만, 인터넷 강의는 무엇을 들어야 할지 고민될 때가 있다. 골격과 근육, 표정과 몸의 동세, 그림 도구와 재료에 관한 강좌는 도움이 되니 알아 두면 좋다. 그러나 눈을 예쁘게 그리거나 입술을 매력적으로 표현하는 법 같은 걸 알려주는 강의는 취미로 그리는 게 아니라 그림작가가 되려는 사람에게는 추천하고 싶지 않다. 작가마다 미의 기준이 다른데 예쁘고 매력적이라는 건 누구의 기준인지에 의문을 가져야 하고, 나아가 그것이 자신의 취향과 기준에 부합하는지 구분할 줄 알아야 한다. 또한 이제 갓 시작하는 사람들이 다른 작가의 스타일을 손에 익히지 않길 바란다.

미리미리

일을 본격적으로 시작하게
되면 개인적인 그림을 그릴
시간은 많이 줄어든다. 의뢰받은
그림만 그려내기도 벅차다.
내 그림이 어떤 분야, 어떤
매체에 쓰일지 모르기 때문에
클라이언트가 선택할 수 있는
폭이 넓어지도록 상대적으로
시간 여유가 있는 신인 시절에
다양하게 그려놓는
것이 좋다.

우리 사이는
운명인가 봐.

마감 인생

클라이언트의 의뢰가 없을
때는 그동안 하고 싶었던
본인만의 작업을 하며 시간을
보내는 것이 가장 좋다. 그런데
정해진 기간 없이 꼭표를

달성하기란 여간 어려운 게
아니다. 이럴 때 전시장을 먼저
잡거나 일러스트레이션 페어,
독립출판물 행사 등을 신청하면
저절로 마감 날이 생기니
작업이 늘어지는 것을 막을 수
있다.

포트폴리오

출판사에서는 이미 작가의
그림을 알고 연락해오기
때문에 포트폴리오를 요구하는
일은 거의 없다. 하지만
디자인 에이전시는 기업에
제안할 때 연락해오는 경우가
많아서 기업에 제시할 작가의
포트폴리오를 바로 보내 달라고
요청하기도 한다. 이런 상황을
대비해 PDF나 PPT 파일로
전시장을 업데이트해둔다.

홍보

요즘은 1인 미디어 시대라
유튜브를 비롯해 다양한 영상
앱과 커뮤니티 사이트를
이용하여 자신을 알리는 것에
거리낌이 없어졌다. 그러니
구태여 홍보 수단을 적절히
이용하라는 말을 할 필요가
없다. 오히려 자기 정체성이
확립되기도 전에 다른 작가를
따라 한 작품으로 주목받기도
하고, 빨리 이름을 알리고 싶은
마음에 유행하는 그림 스타일에
편승하는 부작용이 생겼다. 몇
년 전이었다면 SNS 등을 통해

적극적으로 그림을 드러내라고
말했겠지만, 지금은 반대로
자신을 알리는 것도 좋지만
가끔 숨을 고르고 돌아볼
필요가 있다는 말을 하고 싶다.
노출에는 책임이 따른다는
사실을 잊지 않았으면 좋겠다.

툴

모든 컴퓨터 툴과
수작업 도구를 능숙하게 다룰
필요는 없지만, 잘 사용하면
그림을 다양한 방법으로 그려볼
수 있으니 작업 영역을 넓히는
데 도움이 된다. 자기만 알고
있는 종이 종류나 재료를 통해
독창적인 기법을 만들어내는
작가도 있다. 또 디지털 그림을
그리는 작가가 아니라 수작업을
하는 작가도 여러 컴퓨터

프로그램을 잘 다루면 스캔 후
컴퓨터 보정 단계에서 몸이
고생하는 일이 현저히 줄어든다.

· · · · · · · · · · · · · · · · · · · ·

활용

단순히 화폭에서 그림이
완성되는 게 아니라 책, 옷, 제품
패키지 등에 활용하는 그림을
그리는 것이므로 그림이 쓰일
매체의 특성을 알고 작업해야
한다. CMYK나 해상도 같은
기본적인 인쇄 지식은 필수다.
또한 너무 작은 영역에 들어가
그림의 세밀한 묘사가 뭉개져
보이지는 않을지, 큰 화면에
인쇄된다면 픽셀이 깨지진
않을지 그림이 들어갈 크기를
고려해 작업한다.
큰 포스터나 현수막, 건물 래핑
등의 경우를 세외하고는 출력이

가능한 선에서 1:1 사이즈에
가깝게 출력한 후 확인해보기를
권한다. 크기에 따라 그림의
느낌이 달라지고, 밀도나
완성도가 떨어져 보일 수 있기
때문이다.

· · · · · · · · · · · · · · · · · · · ·

고전법

아이디어가 필요할 때
마인드맵을 사용하곤 한다.
연상되는 모든 낱말을 늘어놓고
단어에 관한 것을 상상하며
그림을 그려간다. 고전이
살아남는 데는 다 이유가 있다.

· · · · · · · · · · · · · · · · · · · ·

명확성

말이나 글로는 쉬워 보이는데
그림으로는 표현이 어려운

경우가 많다. 예를 들어 '공기'라면 글로는 바로 쓸 수 있다. 그러나 지금 당장 공기를 그려보라. 곧장 떠오르는 이미지가 없을 것이다. 그저 해맑게 웃고 있는 클라이언트와 달리 그림을 그리는 이들은 이미지로 표현이 가능한 개념인지를 먼저 판단하기 때문에 같이 웃을 수 없다. 완벽하게 표현해내기에는 능력이 부족하다고 솔직하게 밝히는 것이 맞는지, 말과 그림의 표현 방식이 얼마나 다른지를 자세히 설명하는 것이 맞는지 머릿속이 복잡해진다. "저는 공기를 그리지 못하겠습니다. 공기를 바람으로 대체해서 낙엽이 날리는 모습을 그리는 건 어떨까요. 아니면 떠다니는 풍선을 통해 그 공간에 공기가 존재한다는 걸 나타내면 어떨까요"와 같이 미리 범위를 좁힌 후 진행해야 한다. 그나마 공기는 나은 편이다. 그려야 할 것이 감정일 때는 더욱 복잡하고 어렵다. '슬프지만 현재 상황에 만족하고 있는 담담한 느낌'을 그려야 한다고 가정하자. 애니메이션이나 여러 컷을 그릴 수 있는 만화로는 스토리를 녹여내 변화하는 감정을 표현할 수 있을지도 모른다. 그러나 한 컷에 담아내야 한다면? 생각만 해도 벌써 머리가 아프다. 아마 인물의 표정과 공간의 색감, 주변 소품을

이용해 어떻게든 복합적인
감정을 표현하려고 할 것이다.
만일 클라이언트가 그런 내
고민도 모르고 열심히 그려놓은
것들을 불필요하고 지저분한
요소라고 말해버리면 어떨까.
고민과 노력의 결과가 헛되지
않으려면 비가시적, 추상적
개념은 초반에 명확한 방향을
공유하고 가는 것이 좋다.

. . . .

계약

관행상 계약서를 안 쓰는
경우도 있고, 일이 다 끝난
후에 쓸 때도 있다. 유선상으로
합의가 됐어도 기간, 금액 등의
여러 조건을 명시한 메일로
증거를 남겨 놓는다. 정식
계약서는 아니지만 비슷한
효력이 있다.

. . . .

기록

메일은 일의 과정을 기록해두는
용도이기도 하므로 그림의 진행
상황, 일정, 수정 내용, 추가된
그림 등 업무 관련 내용은
되도록 정확하게 적시해둔다.
메일 제목에 클라이언트명과
프로젝트명을 적어서 나중에
쉽게 검색할 수 있도록 하고,
컴퓨터의 폴더명도 일치시킨다.
미루지 말고 작업할 때
바로바로 정리하는 습관을
들이면 일이 훨씬 수월해진다.

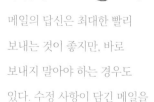

. . . .

묵혀두기

메일의 답신은 최대한 빨리
보내는 것이 좋지만, 바로
보내지 말아야 하는 경우도
있다. 수정 사항이 담긴 메일을

받았을 때다. 짜증과 화로 인해
요청 사항을 무조건 부정하는
감정적인 글을 쓸 위험이 있다.
하루 정도 묵히고 화가 조금
가라앉으면 다시 한번 메일
내용을 찬찬히 살펴본 뒤,
이성적으로 받아들일 사항은
받아들이고 논리적으로 거부할
부분은 거부하며 프로다운
말투로 메일을 쓴다.
+ 그래서 간혹 수정 사항을 전화로
듣게 되면 매우 난감하다.

. . . .

거절

프로젝트 일정이 자기 스케줄과
맞지 않아서 일을 거절할
수밖에 없는 상황도 생긴다.
자신의 현재 상황을 자세히
설명하고 다음 작업은 함께
하고 싶다는 의사를 밝혀, 이후

관계를 이어갈 인연을 만들어
놓는다.

. . . .

맴돌기

패션, 뷰티, 음반, 연극, 영화,
출판 등 그림이 쓰이는 분야는
다양하다. 어떤 매체에 쓰이든
내 그림이 잘 드러나는 게
중요하지만, 관심 있는 분야에
그림이 쓰이면 더 큰 기쁨이
생기니 흥미 있는 분야를
기웃거리며 맴도는 것도 좋다.
나는 책을 매우 사랑하고
앞으로도 출판 분야에 계속
머물고 싶지만, 아이돌 덕질이
취미인 만큼 가수들의 음반이나
프로모션 관련 작업을 해보고
싶다는 생각이 가끔 든다.

지갑 조심

회의 후 예상치 못한 수정 사항, 기분을 상하게 하는 상대의 태도와 나의 억지스러운 발언, 감정적 대처 등 흑역사를 만들고 집으로 돌아오는 길이면 손에 무언가 들려 있을 때가 많다. 나는 스트레스를 먹는 걸로 푸는 편이어서 지갑뿐 아니라 뱃살도 조심해야 한다.

돈

모든 사람이 제일 궁금해하지만 그 누구도 선뜻 말해주지 않고, 나 역시 정확한 수입을 공개할 생각은 없다. 알고 있다시피

출판 산업은 큰돈이 움직이는 분야가 아니다. 출판에 쓰이는 그림에도 적은 금액이 책정되어 있다는 뜻이다. 출판 쪽은 업계가 정해놓은 일정 단가가 있어 일의 양을 늘리지 않는 한 수입이 늘 수 없는 구조인데, 내 시간과 체력과 정신은 한정되어 있으니 작업량을 무한정 늘릴 수는 없다. 시장이 정해놓은 매절 금액을 한 개인이 바꿀 수도 없다.

물론 큰돈을 버는 작가도 있다. 금액이 높게 책정되어 있는 기업 광고 일을 주로 하는 작가들도 있고, 회사 규모로 몸집을 키워 자기 그림 스타일에 맞춰 어시스턴트가 작업을 돕는 작가들도 있다. 출판 분야에서도 매절 계약이 아닌 인세 계약을 하는 경우에는 그 책이 성공했을 때, 인세로 큰 금액을 받는 그림작가도 있기는 하다. 기본적으로는 다른 분야의 프리랜서와 똑같다. 큰돈을 버는 몇몇 거물급들, 어느 정도 생활을 꾸려가는 이들, 그리고 본업만으로는 생계가 어려워 다른 아르바이트를 병행하면서도 이 일이 좋아 계속하는 사람들이 있다.

· · · · · · · · · · · · · · · · · · · ·

숫자

원천징수세, 부가가치세 신고(사업자등록증이 있는 경우), 종합소득세 신고 등 알아두어야 할 세금 관련 업무가 많다. 그리고 프리랜서는 일반 직장인과 달리 작년 수입을 바탕으로 올해의 건강보험료가 책정되고, 만일 지역가입자로 되어 있는데 보유 자산이 꽤 있다면 현재 수입에 비해 과한 보험료가 책정되는 난감한 경우도 생긴다. 건강보험공단에 계약이 종료되어 일하고 있지 않다는 해촉증명서를 제출하면 보험료를 조정해주기도 하지만, 세무사와 현재 재정 상태나 앞으로 하게 될 경제 활동 등 전반적인 상황을 논의한 뒤 결정하길 추천한다. 세금이나 보험료, 연금 등 숫자가 들어간 일은 주변 작가들도 나 정도의 기본 지식만 갖고 있을 뿐이다.

· · · · · · · · · · · · · · · · · · · ·

외국어

그림작가도 영어를 잘하면 유리하다. 주변 그림작가들을

보면 텀블러 같은 해외 SNS에
올려놓은 그림을 보고 연락이
와서 외국 유명 잡지와 일하는
사례도 종종 접한다.

그냥 놀고 싶은 것 같아.

핑계

당장 그림 그릴 시간이 없어서,
작업할 공간이 마땅치 않아서,
글을 쓸 때가 아닌 것 같아서,
여차저차 상황이 안 돼서 등
이유를 찾으면 끝이 없다.
핑계를 댈 때는 어떻게든 숨어
있는 이유를 찾아내기 마련이다.
하지만 나는 오늘도 내가 해외
매체와 작업을 못 하는 건
부족한 영어 실력 때문이고,
영어 공부를 안 한 건 할 시간이
없었기 때문이라고 핑계를 대는
중이다.

왜

쓰고 그리는 습관이 몸에 배어
있지 않고 기록하는 것도 매번
잊어버리는 데다 독서도 안
좋아하는데 글은 써보고 싶은
사람이 있다면 스스로 '왜' 쓰고
싶은지 묻길 권한다. 왜 쓰고
싶은지, 왜 그리고 싶은지에
관해 계속 질문하는 것이다.
하고자 하는 일에 의미가
부여되면 그것을 이루기 위해
해야만 하는 연습이나 훈련,
시간 투자가 당연하게 여겨진다.

끈기

물감을 칠하고 또 칠하고
종이가 뚫릴 때까지 수정하다가
새 종이를 꺼내 처음부터
다시 그리고 덧칠하고 또다시

그리기를 반복한다. 끈질기게 파고들다 보면 답이 나올 때가 있다.

주변 상황이나 사람에 휘둘리지 않고 내 안의 소리에 더 귀를 기울여 내면을 강하게 다지는 것이 중요하다.

일시정지

해도 해도 안 그려지고 막막하다면 멈출 줄도 알아야 한다. 그럴 때 나는 자리를 털고 일어나 산책하러 나가거나 목욕탕에 가기도 한다.

정도

자기 의견을 주장한다고 도움이 될 만한 의견에는 귀를 막고, 상황 파악 못 하는 눈치 없는 사람은 되지 말아야 한다.

내 목소리 듣는 중

관심 끄기

이 일은 자신을 노출하는 직업이다. 몸과 얼굴은 드러나지 않지만, 어떤 방식으로든 작가의 감정, 경험, 가치관, 사상이 작품에 그대로 묻어난다. 그러므로 주위에서 들려오는 말,

기복

개인 작업은 여러 그림을 그린 후 좋은 작품만 골라서 전시할 수 있지만, 의뢰받은 일은 그렇지가 않다. 작업의 결과물이 매번 들쑥날쑥해서는 곤란하다. 어느 정도 작품의

질이 일정하게 나오도록 기분과
몸 상태가 평균을 유지하게
노력한다.

. . . .

지속성

무엇이 됐든 간에 꾸준히
한다는 건 어려운 일이다.
한 번에 크게 성공했다가
조용히 사라지는 작가보다
오랜 시간 자신만의 것을
조금씩 쌓아 올리는 작가가
결국 사람들의 기억에 남는다.
지속성은 어떻게든 원하는 것의
근처에라도 다가갈 수 있게
만들어준다.

. . . .

결단력

미래에 대한 불안감에 언젠간

적응할 거라 생각했지만
지금도 적응하지 못하고
있다. 불안감 때문에 자신을
혹사하기 쉬운데. 밤낮없이
기계처럼 그림을 뽑아내면
금세 지쳐 창작 욕구를 잃게
된다. 닳아 없어지기 전에 어느
정도 선에서 멈추고 쉴 줄 아는
결단력이 있어야 한다.

. . . .

고독

혼자 일하고 혼자 문제를
맞이하며 혼자 막막함을 느끼고
혼자 해결해야 한다. 고독을
그려려니 하고 받아들인다.

조바심

다른 작가의 작업물을 보는
것은 나에게 자극이 된다는
긍정적인 영향도 있다. 비교를
하게 되는 건 어쩔 수 없지만
비교가 체념이나 비관으로
바뀌지 않도록 유의한다.

동일시

그림작가는 어쩔 수 없이 '나'를
표현해야 하는 만큼 작가로서의
나와 개인으로서의 나를
동일시하게 된다. 작가로서
그림이 잘 그려지지 않고,
최선을 다한 전시나 책이
성과를 내지 못하면 실패자처럼
느껴지기도 한다. 힘들겠지만
개인의 행복과 작가의
만족을 되도록 별개로 보고,

작가로서 만족스럽지 못하다며
자책하거나 불행한 삶이라고
생각하지 않았으면 좋겠다. 이는
나에게 하는 말이기도 하다.

나를 즐겁게 하는 것들을
그려 보기로 했습니다.